# 牧鶴女孩

曹文芳　著

中華教育

走過那條小河，你可曾聽說，

有一位女孩，她曾經來過；

走過那片蘆葦坡，你可曾聽說，

有一位女孩，她留下一首歌。

為何片片白雲悄悄落淚？

為何陣陣風兒輕聲訴說？

還有一羣丹頂鶴，

輕輕地輕輕地飛過。

有一位女孩，她再也沒來過。

只有片片白雲為她落淚，

只有陣陣風兒為她訴說，

還有一羣丹頂鶴，

輕輕地輕輕地飛過。

——歌曲《一個真實的故事》

# 目錄

# 第一章

— 鶴娃

# 1

河流密佈，深深淺淺，蜿蜒着，環繞着，流經蘆葦叢，流經綠草地，流經沼澤地。水的豐沛滋潤着這片東北的土地，處處草青蘆葦綠。

早晨，爸爸划着木船在蘆蕩裏打魚，忽見岸邊的蘆葦微微顫動，裏面莫不是一條大魚？爸爸輕輕地把木船划過去，小心翼翼地扒開蘆葦，看到的竟然是一隻鶴娃。

鶴娃一身黃褐色的羽毛，肩頭點綴着深褐色的色斑，尖尖嘴，細長腿，黑漆圓溜的眼睛像兩粒閃亮的水晶，不安地張望着。

爸爸把鶴娃帶到了船上。

這是一隻兩頭尖尖的小木船，鶴娃獨立船頭，爸爸坐在船尾划槳。

木船把水犁開，分流在船兩側的水波被船撑着跑，一波撑着一波，一直撑到河兩岸，推着青綠的蘆葦向岸邊傾覆。蘆葉碰撞，發出「沙沙」聲。船走過，水波漸漸平靜，河岸邊的蘆葦又「唰唰」直立起來。

鶴娃看着兩側傾倒的蘆葦，聽着河水在船底流動的「叮咚叮咚」聲，惶恐了，顯得驚魂未定。

小木船行了半天，停靠在一座石碼頭旁。爸爸對着河岸的茅屋喊：「娟草，爸爸給你逮回一隻鶴娃。」

聽到爸爸的喊聲，娟草從茅屋裏蹦出來，撒腿跑向了碼頭。

站在船頭的鶴娃呆呆地看着童花頭的娟草。

娟草笑瞇瞇地朝鶴娃伸出雙手，把牠從船頭抱下來，一臉欣喜地問：「爸爸，你是從哪裏撿來的鶴娃？」

「我在蘆葦叢裏撿到的，牠是一隻出生沒幾天的小丹頂鶴。」爸爸邊說邊彎腰搬魚簍。

娟草嘀咕道：「鶴娃這麼小，不能沒有媽媽，我要把牠送回去。」

「牠走丟了，你往哪兒送？」

「你在哪片蘆葦叢裏撿到的，我就把牠送回哪片蘆葦叢去。」

爸爸放下手裏的魚簍，直起身，朝西指去：「順着這條河岸朝西走，約莫走三里地……」沒等爸爸說完，娟草就抱着鶴娃跑了。

娟草是個沒有媽媽的孩子，她出生後不久，媽媽生病悄然而去。娟草記憶裏沒有媽媽，但心裏一直藏着媽媽。娟草憐愛地看着手裏的鶴娃，對自己說：「一定要幫鶴娃找到媽媽。」

初夏的陽光很是燦爛，明亮的光線灑落在河面，點點光斑隨波蕩漾，一閃一閃，滿河璀璨；灑落在河岸邊的蘆葦上，片片光彩點綴得蘆葉油亮耀眼。

娟草沿着灑滿陽光的河岸走，大約走了兩里地，鶴娃突然仰頭，尖尖嘴朝着天空「嘰嘰」叫。娟草抬頭看到遠處的藍天下飄着兩個白點，一顫一顫，晃動着，越晃越近，越晃越大，晃出兩隻丹頂鶴的身影。

「嘰嘰 —— 嘰嘰嘰嘰！」鶴娃叫得很歡快。

「嘎——哇——」「嘎——哇——」空中的兩隻丹頂鶴跟着鳴叫起來，聲音蕩漾在寂靜的天地間，十分嘹亮。隨後，兩隻丹頂鶴直躥而下，在藍天裏畫下兩條白線，一直畫到娟草的頭頂，遮住了娟草的視線。

丹頂鶴搧動翅膀，搧出一股勁風，吹起娟草遮在腦門前的一抹劉海。娟草急忙蹲下身躲避丹頂鶴的翅膀。而手裏的鶴娃在娟草手裏撲騰着，急切地想撲到兩隻丹頂鶴的身邊。頭頂上這對丹頂鶴難道就是鶴娃的爸爸媽媽？娟草估摸着鬆手放下了鶴娃。鶴娃興奮得朝空中的兩隻丹頂鶴發出一陣陣鳴叫：「嘰嘰——嘰嘰嘰嘰！」兩隻丹頂鶴沒有落下，也沒有飛走，牠們盤旋在鶴娃的頭頂，雙翅平展在空中，一上一下搧動着，不時地對鳴着，好似在詢問鶴娃是不是牠們的孩子。鶴娃盡力抖開翅膀朝天空飛，可翅膀太軟，飛不起來，急得一蹦一跳，那樣子笨拙得可笑。

空中的丹頂鶴盤旋一陣後，母鶴輕輕落下，收翅，亭亭地立在河邊。公鶴飛到高處俯瞰着。娟草急忙起身後退，退到遠處觀看鶴娃和母鶴的一舉一動。

鶴娃對着母鶴鳴叫。母鶴一聲不響，靜靜地仰望天空，只是偶爾低頭看一眼鶴娃。過了半天，母鶴尖尖嘴朝着天空，「嘎哇」一聲，空中的公鶴跟着「嘎哇」了一聲，牠們在傳遞着甚麼。隨後，盤旋在高處的公鶴迅疾落下，雙腳點地，站立在母鶴身邊。鶴娃繞着牠們親暱地轉圈圈，而牠們的眼裏全然沒有鶴娃，只是一同佇立，凝望着遠方。

不久，「呼啦」一下，牠們撐開寬大的翅膀，一躍，雙雙飛

起，綻放在湛藍的天空裏，猶如兩道晶瑩的白光在娟草面前一劃而過。等娟草緩過神，兩隻丹頂鶴已經飛得很高很遠了。

鶴娃對着遠去的丹頂鶴可憐巴巴地鳴叫，那聲音帶着一份討好，好似在求牠們留下。娟草抱起鶴娃安撫着：「別叫了，牠們不是你的爸爸媽媽。我會幫你找到家，找到你的爸爸媽媽。」

鶴娃漸漸安靜下來。

娟草琢磨着：爸爸是在離家三里外的蘆葦叢裏撿到這隻鶴娃，那麼牠家的鶴巢就該在這附近的蘆葦裏。娟草便脫下花布鞋擱在河岸，挽起褲管，抱着鶴娃，光着腳丫走進河岸的淺水灘裏，扒開叢叢蘆葦，細細找尋浮在水面的鶴巢。

蘆葦茂密，一株挨着一株，娟草輕輕一扒，漾起一股碧綠的波浪，向前湧去。綠波驚動了藏在蘆葦叢裏孵蛋的一隻母鶴，牠發出驚恐的鳴叫：「咕哇哧──」「咕哇哧──」

娟草停住了腳步。

鶴娃聽到鶴鳴聲，兩隻黑亮的眼睛又閃光了，跟着叫喚起來：「嘰嘰──嘰嘰嘰嘰！」

守護母鶴孵蛋的公鶴迅疾地躥出蘆葦叢，盤旋在娟草的頭頂，時而快速升高，時而俯衝低旋，忽上忽下，警告娟草不許靠近蘆葦叢裏的母鶴。

娟草抱着鶴娃輕手輕腳地爬上岸，沿着河岸接着往西走。

公鶴依舊不放心，飛在娟草的頭頂緊緊跟隨着，直到娟草走出去很遠很遠，牠才掉頭飛回那片蘆葦叢裏守護母鶴。

等到公鶴落進蘆葦叢，娟草再次光着腳丫走進岸邊的淺水灘，

在蘆葦叢裏繼續找尋鶴巢。

　　葱綠的蘆葦又高又濃密，把娟草整個兒給淹沒了。娟草一挪動，碰得蘆葦擠擠擦擦，掀起一股股微風，吹散了密封在蘆葦叢裏的清香。瞬間，清香四溢，娟草禁不住張嘴深深吸了口蘆葦醇厚的清香，愜意地閉上了眼睛。就在這時，鶴娃再次鳴叫，娟草睜開眼，看到腳邊竟有一隻空落落的鶴巢。

　　娟草真是喜出望外，她趕忙把手裏的鶴娃放下。

　　鶴娃急匆匆地游過去，撲騰着要往鶴巢裏跳。娟草把鶴娃放到鶴巢裏，鶴娃即刻安靜了。娟草認定這就是鶴娃的家，她靜靜地站在鶴巢邊，陪同鶴娃等待牠的爸爸媽媽回來。

　　太陽漸漸偏西，陽光綿柔了許多，落在水面上的點點光斑依舊晶瑩，但已不再炫目刺眼，反倒顯得格外的明亮剔透。娟草看着光閃閃的河水，心裏湧起一股惆悵，她想到鶴娃的爸爸媽媽丟失了心愛的鶴娃，一定非常傷心，牠們可能已經離開了這片蘆葦，永遠地飛走了。

　　這麼一想，娟草就決定把鶴娃帶回家。

　　娟草抱起鶴巢裏的鶴娃安慰着：「你的爸爸媽媽出遠門了。天快要黑了，你隨我回家吧，我的家就是你的家。」

　　鶴娃依偎在了娟草溫暖的懷裏。

　　娟草抱着鶴娃走出蘆葦叢，爬上岸，背着太陽往家回。

　　走了一會兒，忽聽身後傳來「嘎兒兒——嘎兒兒——」平和的低鳴聲。娟草掉頭看去，看到兩隻丹頂鶴靜立在灑滿晚霞的淺水灘上，兩隻黃褐色的小鶴繞在牠倆腳下。

夕陽浸染的水邊，丹頂鶴一家在親暱地絮語着，這畫面甜蜜又溫馨。娟草突然冒出一個念頭：火紅霞光中的兩隻丹頂鶴能收留她懷中的鶴娃。

　　娟草蹲下身，再次放下手裏的鶴娃。

　　鶴娃黑亮的眼睛看着夕陽下兩隻黃褐色的小鶴，興沖沖地往前走，走了幾步，牠停住了腳步，低下頭，遲遲疑疑地走回到娟草身邊。

　　娟草覺得鶴娃可能不願走進綴滿霞光的畫面，打擾丹頂鶴一家的甜蜜和溫馨。她心疼地抱起鶴娃，指着頭頂高遠的天空説：「你看，那裏才是你們丹頂鶴真正的家，等你會飛了，就飛到這藍藍的天空，在那裏和你的爸爸媽媽相聚吧。」

　　娟草不再幫鶴娃找家，抱着鶴娃高高興興回家了。

　　沒過幾天，鶴娃就依戀上了娟草，跟着娟草到處走，引得鶴村的孩子們十分羨慕，紛紛來圍觀。

## 2

鶴村二十幾戶人家，兩三戶一簇，五六戶一排，遠遠近近，依偎着縱橫交錯的河流居住。清晨，直立的煙囪冒出炊煙，搖搖晃晃地鑽入天空，融在一片晨輝裏。娟草帶着鶴娃去河邊洗澡。一路是草，草尖撓着鶴娃的細長腿，癢酥酥的，不知是愜意，還是驚恐，鶴娃不停地「嘰嘰」叫。娟草抱起牠，牠瞬間就安靜了。

娟草腳下的這片扎龍濕地，位於東北黑龍江省松嫩平原西部烏裕爾河下游。這裏湖泊星羅棋佈，河道縱橫交錯，水質清純，草灘如茵，蘆葦隨風搖曳，是鳥的天然樂園。

扎龍濕地上的鳥種類繁多，野鴨、秧雞、黑嘴鷗、白鸛、大天鵝、小天鵝、大白鷺、草鷺……最出名的就是鶴。

娟草很小就能辨認出不同的鶴：白枕鶴、蓑羽鶴、白頭鶴、灰鶴、白鶴、丹頂鶴……飛行在扎龍濕地上的鶴，不僅種類多，數量也多，尤其是丹頂鶴的數量位列世界第一，因而扎龍濕地被譽為「丹頂鶴的第一故鄉」。

每到春天，丹頂鶴一對對、一排排、一片片，紛紛飛來扎龍濕地。牠們「嗖嗖」落下，落在淺水灘上，落在水田邊，落在蘆葦叢裏，忙碌着築巢孵小鶴。

鶴娃就是在扎龍濕地上剛出生的小鶴，不知為何，迷失在了蘆葦叢裏。娟草怕牠再次迷失，走到河邊，總要細細張望着。水邊的

蘆葦太密，娟草怕鶴娃鑽進去迷路；水深，娟草怕鶴娃淹水。

娟草尋過一條又一條河流，找到一灣淺水灘，才停住腳步。

灘裏的水薄薄一層，躥出來的蘆葦稀稀疏疏。娟草把鶴娃放到水灘裏，鶴娃一閃，鑽到蘆葦叢裏去了，一閃，又鑽了出來。鶴娃繞着幾株蘆葦躲躲閃閃，開心地吃着水裏的小魚、小蝦和螺螄。

娟草坐在河灘上，摘片長長的蘆葉摺疊着，摺出一條蘆葉船。她把蘆葉船放在清清的河水裏，鶴娃看到了，急忙游過來追逐綠色的蘆葉船。

娟草唱起了歌謠：

蘆葦青蘆葦長，
我在河岸編織忙。
蘆葦青蘆葦長，
鶴娃獨自捉迷藏。
蘆葦青蘆葦長，
摺隻小船去遠航。
蘆葦青蘆葦長，
鶴鳴聲聲多悠揚。
⋯⋯

娟草陪着鶴娃在河灘，一待就是半天。

太陽漸漸升高，灑下的陽光火辣辣的。娟草擔心穿着絨毛衣的鶴娃熱着，忙帶牠回家。等到黃昏，太陽褪去火辣，霞光嘩啦啦潑

灑在濕地上，染得高高矮矮的樹木、花朵、草地、蘆葦，一片殷紅。

娟草又帶着鶴娃出門，踩着殷紅的晚霞來到河邊。

灑滿霞光的河面，猶如鋪了一層紅寶石，一粒一粒，點綴着波浪，閃出一點點、一條條、一片片耀眼的光彩。鶴娃站在淺水裏，娟草掬起一捧清水灑在鶴娃的身上，水順着羽毛凝結出晶亮的水珠，一顆顆又滑落回灑滿霞光的河水裏。

鶴娃被洗得乾乾淨淨。

洗完澡，鶴娃在淺水裏來回走動，伸出尖嘴捕食。娟草坐在河岸，把一雙腳伸到晚霞浸染的河水裏，由着小魚小蝦游過來啄她的腳丫。

太陽完全淹沒在了暮色裏，娟草抱起鶴娃，踏着被暮色籠罩的小路往家走。

回家的路上，娟草碰到了梳着小分頭的鄰居男孩大桐。

大桐和娟草同歲，又是同桌，可他倆天生愛拌嘴。大桐喜歡「大」，口口聲聲「我是一棵大桐樹」。其實，這棵大桐樹沒有娟草高，一旦大桐得罪了娟草，娟草就毫不留情地笑大桐是一棵小桐樹。

大桐看到鶴娃，故作驚訝：「哇，鶴娃看上去不像一隻鶴，倒像一隻肥胖的鴨。」

大桐這句話說得娟草很不舒服，但娟草沒有心思和他拌嘴，她的心裏着實也有點兒擔心：鶴娃養這麼壯實，長大了能飛上天嗎？

從那以後，清晨和黃昏，娟草帶鶴娃出門洗澡覓食時，故意走得很遠很遠，走到一片空闊的草灘上。

草灘一直綠到天邊。

鶴娃在這片綠草灘上跑，是不會迷路的。娟草放心地攙着鶴娃四處跑。跑了一陣，娟草氣喘吁吁，大汗淋漓，濡濕了腦門上的一抹劉海。她累得仰躺在綠草灘上，閉上眼睛歇歇。鶴娃累得單腳獨立，腦袋插在背上的羽翼下歇歇。

　　等到娟草睜開眼，頭頂上的一汪藍天被野鴨遮蔽了。

　　扎龍濕地上野鴨多得數不清，飛起來鋪天蓋地，黑壓壓一片，能遮住半邊天空。娟草早看慣了，並不在意，可她忽然意識到沒聽到野鴨的叫聲，定神細看，原來不是野鴨，而是烏雲在頭頂翻滾。

　　一場暴風雨眼看就要來臨，娟草立馬起身，抱起鶴娃往家跑。

　　沒跑出半里地，狂風就用足了力氣一路呼嘯而來，肆意吹着綠草灘，吹出一波又一波綠色波浪，掀起一圈又一圈綠色漣漪。小草在波浪裏搖擺，在漣漪中掙扎，「嗚嗚」呼叫着。不久，如注的大雨傾瀉而下，砸得小草抬不起頭來。瞬間，娟草被淋個透濕。

　　雨線又粗又密，天和地都淹沒在了白茫茫的雨水裏。暴雨壓不住狂風，被風撕扯着，不能直直而落，風朝哪兒吹，雨就朝着哪個方向傾瀉。風在空中擺動，雨就在空中搖曳。風一旋，雨就在空中扭成一團，相互撞擊，摔成一團白色的煙雨。雨畫下了風的痕跡，風又帶着雨四處飄灑。

　　娟草想找個地方躲避，可草灘茫茫，河流茫茫，蘆葦茫茫，沒有一處可以避雨。娟草只能盡力護住懷裏的鶴娃，撒開腿跑。

　　風中的娟草感到雙腿綿軟，每邁開一步都十分吃力。一陣狂風襲來，娟草一個趔趄，跌趴在濕漉漉的草灘上，懷裏的鶴娃被摔了出去。鶴娃在草地上滾了幾滾，跌跌撞撞立起身，「咕哇」「咕哇」

「咕哇」直叫喚，可暴風雨一口就吞噬了鶴娃驚恐的叫聲。

　　娟草用力爬起來，沒站穩，又一個趔趄跌倒了。娟草再次掙扎着站起來，抱起在風雨中瑟瑟發抖的鶴娃，頂着狂風暴雨艱難地往家走，累得氣都喘不過來。回到家，娟草身上的雨水「嘩嘩」往下滴，打濕了一片地。但她顧不上脫下濕淋淋的衣服，趕忙拿出毛巾擦乾鶴娃淋濕的羽毛。

　　午後，風停了，雨住了，太陽出來了。到處汪汪一片水，連空氣裏都夾裹着一股水的氣味。娟草感到有點兒冷，帶着鶴娃坐在門檻上曬太陽。曬着曬着，娟草感到四肢沉沉頭昏昏，便走到窗下的小竹牀上睡覺。鶴娃跟過去立在竹牀前。娟草一閉眼就沉到睡夢裏，夢到自己帶着鶴娃又來到那片空闊的綠草灘上，面前有一羣幼鶴，一橫排站立。娟草把鶴娃送到幼鶴的隊伍裏，左瞧右看，總覺得鶴娃比其他幼鶴個頭大，身子粗。不久，一隻丹頂鶴從遠處飛來，雙腳輕盈落地，立在一排幼鶴面前。丹頂鶴站了一會，張開寬大的翅膀，騰空而起。幼鶴們好似聽到了一聲口令，同時張開黃褐色的翅膀，隨着丹頂鶴排空而上，只剩下鶴娃在草灘上撲騰着翅膀跑。

　　娟草大聲喊：「鶴娃快飛，快飛起來。」

　　編織魚簍的爸爸聽到娟草的夢話，嘀咕着：「這丫頭做夢都念着鶴娃。」説着便放下手裏的魚簍，走到竹牀前看娟草，發現娟草面頰緋紅，伸手摸她的額頭，滾燙，這才知道娟草發燒説胡話。

　　爸爸忙背着娟草去看醫生。

　　鶴娃不知發生了甚麼，繞在爸爸的腳邊鳴叫。爸爸怕鶴娃出門迷路，把牠鎖在家裏，牠叫得更厲害了。等娟草從醫院回來，鶴娃

才停止喊叫，站在娟草的竹牀前守着，寸步不離。

　　娟草在竹牀上躺了幾天，等退燒後，整個人瘦了一圈，那雙黑亮的大眼睛更大更亮了。

**3**

　　一個晴朗又乾淨的早晨，娟草帶着鶴娃走出了家門，來到一片淺水灘前，水很淺，但很清澈。水下的青苔、百合的根鬚、魚蝦和螺螄，都看得一清二楚。

　　這時，飛來一羣野鴨，密密麻麻，遮蔽頭頂的天空，如同滾滾烏雲，鶴娃不安地「嘰嘰咕咕」直叫喚。娟草指着天空告訴鶴娃：「牠們是一羣野鴨，不是可怕的烏雲。」

　　野鴨聚集在天空，前前後後有一里長，散漫地低飛着。娟草抱着鶴娃立在水灘邊，等烏雲一般的野鴨羣飛過，才把鶴娃放到水灘裏。

　　清清的水映照出鶴娃顫抖的影子，娟草以為是水流在顫動，細細一看，是鶴娃在哆嗦。娟草掬起一捧清澈的水灑在鶴娃的身上，笑呵呵地説：「膽小鬼！一羣野鴨就把你嚇成這樣。就是真的烏雲來了，下起了暴雨，也沒甚麼可怕的。你長大後要在天上飛，會碰到成羣的野鴨，會經常碰到暴風雨的。」

　　鶴娃依舊在不停地哆嗦。

　　娟草從水中抱起哆嗦的鶴娃，帶牠到草地上曬太陽。

　　綠草地裏盛開着一團團粉紅、淡紫、嫩黃的鮮花，錯落有致，很是典雅。娟草隨手摘了幾朵粉嘟嘟的小花，用細草繫住，掛在鶴娃長長的脖子上。

　　娟草給鶴娃戴花，發現鶴娃在太陽底下也哆嗦，這才意識到鶴

娃可能病了。她的心猛然一揪，趕忙抱起鶴娃往家跑。

回到家，鶴娃開始大便出血，娟草傻眼了。

爸爸又出門捕魚了，一出去就是半天。娟草不敢耽擱，抱起鶴娃去村裏找獸醫。獸醫叔叔在小紙袋裏裝上幾片藥，讓娟草回家餵鶴娃吃下。

娟草一口氣跑回家，踏進家門，就忙不迭地把藥片壓碎溶在水裏餵鶴娃。鶴娃吃下藥，娟草依舊不放心，抱着鶴娃站在屋後的碼頭上，等待捕魚的爸爸回來。等了很久，娟草終於看見遠處的蘆葦叢間露出了尖尖的船頭，沒等看清划船的人，娟草就迫不及待地呼喊着：「爸爸，我的鶴娃生病了。」

聲音撞在河面，撞在蘆葦叢間，伴着回聲傳出去很遠很遠。爸爸回應着：「別慌，等爸爸上岸瞧瞧。」

聽到爸爸的聲音，娟草慌亂的心踏實了。等爸爸的船剛靠碼頭，娟草就焦急地說：「鶴娃拉出的大便有血，是不是那天遭了暴風雨着涼了？」

爸爸咂咂嘴：「幼鶴是很難餵養的。」

娟草聽爸爸咂嘴，滿心擔憂，抱着鶴娃木然地看着爸爸把捕回的魚蝦放在一隻木盆裏。等爸爸端着木盆順着碼頭拾級而上，娟草抱着鶴娃跟隨在爸爸身後往家走。回到家，娟草撿起爸爸捕回的鮮活小魚，很細心地剪成細細的條，送到鶴娃的嘴邊，鶴娃勉強吃了幾口，不再吃了。

娟草心急如焚。

爸爸安慰着：「別急，鶴娃能熬過這幾天，病就會慢慢好的。」

可惜鶴娃沒有如爸爸說的那樣好起來，一直便血，一天比一天消瘦，很快就奄奄一息了。娟草抱着瘦弱的鶴娃，眼淚「吧嗒吧嗒」往下落。

爸爸歎息着：「早知道這樣，爸爸那天就不該把鶴娃帶回家。」繼而，爸爸摟着傷心的娟草勸說道：「丹頂鶴應該活在天地之間，趁鶴娃還有一口氣，你把牠送回蘆葦叢，讓牠靜靜地走吧。」

娟草不忍心把奄奄一息的鶴娃送走，一直緊緊地抱在懷裏不放手。

眼看夕陽西下，娟草才抱着鶴娃出門。

娟草來到一片茂密的蘆葦前，高大的蘆葦一株挨一株，株株直立，猶如一堵綠牆，密不透風。娟草扒開蘆葦，把呼吸微弱如絲的鶴娃放到裏面，密密的蘆葉一下子就把瘦弱的鶴娃包裹了。娟草這才硬着心腸走出蘆葦叢，一路哭着往家走。忽然，一陣清脆的鶴鳴聲從遠處飄來，娟草停住腳步，順着鶴鳴聲看去，眼前的情景讓她徹底驚呆了。

西邊的天空完全被夕陽點燃，一片火紅，十幾隻丹頂鶴落在一灣淺淺的水灘上，牠們身姿不同，亭亭玉立，低頭弄影，翹首展翅，雙翅聳立……各自披着一身霞光，潔白的羽毛與夕陽渾然一體，一片彤紅。

那一刻，娟草的心「咯噔」一跳，鶴娃不能就這麼死去，牠的生命才剛剛開始。娟草掉頭鑽進蘆葦叢，緊緊抱起奄奄一息的鶴娃：「對不起，我不該把你丟下，你一定要活下去，你一定要活下去。」

爸爸見娟草又把鶴娃抱回家，不問就明白了，他對娟草説：「你給鶴娃喝點糖水，看牠能不能熬過今天，一切只能聽天由命了。」

鶴娃沒有力氣張開嘴，娟草扒開鶴娃的嘴巴，用小勺把糖水一勺一勺往裏送。鶴娃喝下糖水，迷迷糊糊過了一夜。娟草醒來，見鶴娃沒有在黑夜裏悄然離去，心中重新點燃了希望。

娟草日夜守護着鶴娃，過了幾天，鶴娃不再便血，丟失的力氣一點點回來了。那以後，鶴娃一天天長大，很快就長成了大鶴的模樣。

一有空，娟草就帶鶴娃來到空闊的草地上練翅。娟草撐開雙臂迎風跑，鶴娃撐開雙翅跟着跑，跑了一天又一天。終於有一天，鶴娃猛烈搧動翅膀，雙腳一蹬，衝上天空，飛了起來。

娟草激動地大喊：「鶴娃會飛了，鶴娃會飛了！」

鶴娃飛了一圈，落到娟草腳邊，雙翅聳立，一蹦一跳，繞着娟草轉了幾圈，然後，一振翅膀，又飛上了天空。

會飛的鶴娃總是盤旋在娟草的頭頂，一路陪着娟草去鶴村小學讀書。

鶴村小學離鶴村約兩里地，坐落在蘆蕩間的空地上，幾排紅瓦房，房前屋後點綴着樹木花草。東側有條河，河面上架一座木橋，對岸是鶴村中學，一樣的紅瓦房，一樣的樹木花草，幾乎渾然一體。

鶴村的孩子先在鶴村小學讀書，等長大了，走過木橋，到鶴村中學讀書。

娟草是小孩，自然在鶴村小學讀書。每天，鶴娃飛在娟草的頭頂陪伴着她，等娟草走進鶴村小學，鶴娃就落在學校門前的一汪水灘前，捕魚捉蝦。等到娟草放學，鶴娃又飛在娟草的頭頂，一路陪

伴着她回家。

　　同學們很是羨慕，上學放學的路上，都要隨着娟草一起走，這樣，個個都覺得鶴娃是飛在自己的頭頂，伴隨着自己。

　　轉眼，秋天到了，一陣秋風吹來，天漸漸冷了，寒冷給候鳥敲響了飛回南方越冬的鐘聲。鳥兒們紛紛開始遷徙，去南方越冬。走在放學的路上，同學們不安地問娟草：「鶴娃會飛去南方越冬嗎？」

　　「會。」娟草剛回答，大桐就插嘴説：「鶴娃飛了出去，就不認識你了，你也不認識牠了。」

　　娟草自信滿滿地説：「不管鶴娃離開多久，我都能認得牠。牠的左腳底下有一個硬疙瘩，圓圓的，白白的，像一粒白珍珠嵌在腳底下，這就是鶴娃的印記。」

　　大桐嘲笑娟草：「鶴娃飛在天上，你能看到牠的印記嗎？我看這兩天得把鶴娃關起來，等丹頂鶴們都飛往南方越冬了，你再把鶴娃放出來，牠就走不了了。」

　　同學們斥責大桐：「不能把鶴娃關起來，牠是鳥，就該飛在天上。」

　　但也有同學附和大桐：「鶴娃飛走了，我們的頭上就再也沒有鶴娃了。」

　　同學們激烈爭辯起來，娟草倒默然無語，因為她早就決定，讓鶴娃隨着其他丹頂鶴一起飛往南方越冬，只是期待這個日子來得晚一點。

　　可僅僅相隔幾天，丹頂鶴們就紛紛飛上了天空，猶如一團團白綢飛舞在空中，有小羣聚集的，有大羣遷徙的，最大的鶴羣有一百

多隻。牠們飛成「一」字形、「人」字形、「V」字形，朝着遙遠的南方翩翩而去。

鶴娃對着空中的鶴羣鳴叫。

娟草撫摸着焦躁的鶴娃：「飛吧，和丹頂鶴們一起飛吧。你要飛很久，才能到達越冬的地方。聽爸爸說那兒叫鹽城濕地。等到明年春天，你還會飛回來的，記住這兒叫扎龍濕地，我在扎龍濕地等着你。」

眼看一羣又一羣丹頂鶴從頭頂飛過，鶴娃還是遲遲不願飛走。娟草急了，乾脆抱起鶴娃舉過頭頂：「快飛，再遲，你就追趕不上鶴羣了。你會很孤單的。這裏太冷，你不能留在這裏過冬。」

鶴娃飛了起來，迅疾升空，接着又扭頭低旋在娟草的頭頂，飛了一圈又一圈，才依依不捨地離去，追趕那一羣漸漸遠去的丹頂鶴。

娟草看着鶴娃的身影消失在藍天裏，瞬間，淚水模糊了雙眼。她在心裏默默祈禱：願鶴娃能平安飛到南方的鹽城濕地越冬。

# 第二章

—— 濕地風光

# 1

秋風一陣緊似一陣，寒氣逼人。大多數鳥都飛往南方尋找溫暖了，除了山雀偶爾啾鳴幾聲外，這兒就很少聽到鳥鳴聲了。

走在上學的路上，娟草不停地仰望天空，她明明知道鶴娃已經飛走了，但仍然去尋找牠的身影。可天空汪汪一片藍，乾乾淨淨，了無痕跡。娟草禁不住歎息了一聲。大桐聽到歎息聲，一下就猜測到娟草的心思，問娟草：「想鶴娃了吧？我讓你不要放飛鶴娃，你不聽，現在後悔了吧。」

同學們七嘴八舌起來：

「鶴娃飛在頭頂，天天陪我們一起上學，一起放學，多有趣。」

「娟草不該放飛鶴娃，現在後悔來不及了。」

「……」

娟草回應同學們：「我沒有後悔。鶴娃是一隻丹頂鶴，牠就應該遷徙到鹽城濕地越冬，我只是擔心鶴娃在途中有甚麼閃失。」

大桐反問娟草：「你既然認定鶴娃是一隻丹頂鶴，那牠天生就有遷徙的本領，你有甚麼可擔心的？你就是後悔。」

「我不後悔。我只是不知道鹽城濕地是甚麼樣子，是不是和我們扎龍濕地一樣？有湖泊，有蘆蕩，有魚蝦……」

「丹頂鶴選擇在鹽城濕地越冬，那兒肯定和我們扎龍濕地一樣，你有甚麼可擔心的？你就是後悔放飛了鶴娃。」

娟草再次申明：「我沒有後悔。我沒有親眼見過鹽城濕地，就是擔心鶴娃到那兒能不能尋找到食物。」

大桐故意逗娟草生氣：「既然這麼擔心，你就飛到鹽城濕地給鶴娃送魚蝦去啊。」

娟草非但沒生氣，還很認真地說：「我就是想插上翅膀飛過去，飛到鹽城濕地去看看。」

「一棵草，還想飛起來？」大桐開始嘲笑娟草。

娟草不依不饒地說：「我是一棵大草，你是一棵小桐樹。」

大桐怎能容忍娟草說他是棵小桐樹，他伸直雙臂，叉開腿，擺出一個「大」字，對娟草說：「請你這棵小小草看清楚，我是一棵大桐樹。」

「看清楚了，我的眼前站着一棵小小桐樹。」

大桐雙眼怒瞪娟草：「我就算是一棵小小桐樹，也比你大大大草高大。」

同學們哈哈大笑。

大桐和娟草愛拌嘴，拌着，拌着，他倆就開始爭誰大誰小。

一路上，他倆給自己加上無數個「大」，給對方加上無數個「小」，比誰一口氣說出最長串的「小」來嘲笑對方，「小小小……桐樹。」娟草直說得喘氣不順溜。「小小小……草。」大桐直說得一口氣差點接不上來。

同學們跟着嚷嚷。

到了學校，走進教室，坐上座位，娟草和大桐還在比，直到上課鈴聲響起，他倆才閉嘴。這時，校長老師捧着書走了進來，大桐

眼睛一亮，用胳膊捅捅娟草：「你不知道鹽城濕地是甚麼樣，要不問問校長老師，他一定知道。」

娟草用胳膊捅回大桐：「下課問。」

校長老師是鶴村小學的校長，又是娟草班上的語文老師，孩子們乾脆喚他「校長老師」。校長老師一眼就看到大桐和娟草的舉動，問他倆捅來捅去幹甚麼。大桐剛開口，娟草又用胳膊捅了大桐一下，大桐張着嘴，不知所措地看看校長老師，又看看娟草。

校長老師笑笑：「看樣子是個祕密，我就不想知道了。」

「不是祕密，是鶴娃飛到鹽城濕地去越冬，我想知道鹽城濕地是個甚麼樣的地方。」娟草直擺手。

校長老師對娟草説：「問得好。可惜，我也沒有去過遙遠的鹽城濕地。不過，我想，既然全世界的丹頂鶴都千里迢迢飛往那兒越冬，那兒肯定是適合丹頂鶴生存的好地方。你就放心吧。」

大桐補上一句：「我也這麼對娟草説的，可她就是糾結。」

校長老師説：「我辦公室裏有一本書《濕地上的丹頂鶴》，裏面有詳細的介紹。娟草，等下課，你到我辦公室把書拿來看看，同學們也可以看看。我們都是鶴村的孩子，對濕地應該有更多的了解，才能更好地保護濕地，守護丹頂鶴。」

這下，沒有開始上課，娟草就盼着下課了。

下課鈴聲響了，娟草急忙隨校長老師去了辦公室，拿來了《濕地上的丹頂鶴》。剛進教室，同學們就團團圍過來，一同翻看，終於看到了描寫鹽城濕地的文字。

　　　　鹽城濕地位於中國東部長江裏下河地區的海邊，灘塗
　　連綿，水草豐茂，是世界上最大的丹頂鶴越冬地，被譽為
　　「丹頂鶴的第二故鄉」。

　　大桐對娟草嚷着：「我説和扎龍濕地一樣吧，你不信，你看，
它們都是丹頂鶴的故鄉。」
　　娟草沒空和大桐爭辯，接着往下看。

　　　　這是一片灘塗濕地，有茫茫的蘆蕩，有彎曲的河流，
　　有成片的沼澤，有迷人的紅海灘。紅海灘上長着一種紅色
　　的草，一簇簇，一蓬蓬，密密麻麻紅遍整片海灘。

　　「哇，鹽城濕地原來是紅海灘啊。」大桐又發出驚歎，故意招惹
娟草。
　　娟草把書合上，拿到旁邊獨自看了。
　　大桐説：「這是校長老師的書，大家都能看，而且校長老師説了，
讓同學們都看看，憑甚麼就你一個人看。」
　　同學們嚷嚷着：「一起看，一起看。」
　　大家一個個又把頭圍了過來，娟草重新翻開書，和同學們一起
接着看。

　　　　清晨，丹頂鶴在紅海灘上飛舞，白色的身影在藍天和紅
　　海灘之間飛，餓了累了，牠們就落在紅海灘上覓食。

紅海灘上有小蟹。平日，小蟹藏在洞穴裏，到了黃昏時分，幾乎傾穴而出，密密麻麻，佈滿整片海灘。一有動靜，小蟹迅速散開躲在草叢裏。丹頂鶴喜歡吃小蟹，牠們衝上去一口叼住小蟹，把小蟹先摔出草叢，小蟹沒有草叢的掩護，慌亂起來，很快就被丹頂鶴吞吃了。

紅海灘上還有跳跳魚。跳跳魚和小蟹一樣，喜歡躲在洞穴裏。丹頂鶴守在洞穴旁，等跳跳魚跳出洞穴，牠立着不動，等到跳跳魚安靜了，牠才慢慢靠近，然後迅疾伸出尖尖嘴，一口夾住跳跳魚。

同學們看到這兒興奮了，鬧騰起來。有的同學張開手指做小蟹橫行的模樣，有的同學做跳跳魚，一蹦一跳，有的同學將手指捏起做出鶴嘴，啄小蟹，啄跳跳魚。

教室裏鬧成一團，笑聲一片。娟草趁機把書挪開，避開喧鬧的同學，一個人獨自往下看。

夕陽西下，陽光照射在紅海灘上，染得紅海灘格外紅火，像燃燒的火焰一直燒到海水裏。丹頂鶴飛在紅海灘上，衝着夕陽向西飛去，飛到一汪淺水灘，那是丹頂鶴夜晚歇腳的家。「撲、撲、撲」，丹頂鶴紛紛落在淺水灘上。灘上，灘下，落滿了一隻又一隻丹頂鶴，牠們用清澈的河水梳洗，洗得一身潔淨，一身輕鬆，面對西下的落日鳴叫。

天黑了，丹頂鶴睏了，把長長的喙插進溫暖的翅翼下，甜甜地睡去。

看完對鹽城濕地的介紹，娟草放心了許多。她覺得鹽城濕地的紅海灘一定很美，鶴娃在那兒一定會過一個溫暖的冬天。

## 2

　　娟草放學回家，急切地向爸爸講述鹽城濕地的風景，並告訴爸爸，鶴娃在鹽城濕地一定會過一個溫暖的冬天。

　　等娟草嘰嘰喳喳講完，爸爸朝娟草豎起大拇指：「我家娟草真牛。」

　　娟草搖搖手：「我不牛，爸爸才牛，村裏人都說爸爸是養鶴專家。」

　　爸爸平日是個少言寡語的人，但一提到養鶴的事兒，爸爸的話匣子立馬就打開，忍不住要向娟草講他曾經餵養過的一隻隻丹頂鶴。娟草打記事起，就聽爸爸講他養鶴的故事，早就爛熟於心，但每次聽，還是聽得津津有味。

　　爸爸說：「我和你差不多年歲的時候，餵養了第一隻丹頂鶴。」

　　娟草插嘴：「牠叫紅寶石。」

　　爸爸憨憨地笑着：「對，是紅寶石。那是個很冷的冬天，河水冰封，凍得結結實實。我放學回家，獨自沿着河邊走，遠遠地看到河中的冰面上站着一隻鶴。雪白的身影和透明的冰面連在一起，陽光下，直晃我的眼睛。這麼冷的天，哪來的鶴？我不信，一定是看花眼了。我揉揉眼睛，細看，河中間真是站着一隻鶴。」

　　娟草模仿爸爸的腔調接着講：「我好奇地跑過去，看到的是一隻丹頂鶴，風把羽毛吹得凌凌亂亂，但牠一動不動，好像雕刻在那

兒一樣。這是一隻真的丹頂鶴，還是假的丹頂鶴呢？」

「是啊，那天我就是這麼想的，我先扔出一塊泥砸在冰面上，發出『咚』的聲響，泥塊在冰面上骨碌碌滾出去很遠，直滾到丹頂鶴的腳下。丹頂鶴沒有動彈。我走上冰面，滑向丹頂鶴，直到我滑到牠面前，牠還沒有動彈。我飛快地伸出手去抓——」

娟草替爸爸感歎：「唉，沒想到丹頂鶴那麼輕，輕輕一抓就起來了。」

爸爸拍拍娟草的頭：「是的，太出乎我的意料，那隻丹頂鶴又瘦又輕，只剩下羽毛和骨頭。牠已經凍僵了，我趕快把牠抱回家。屋裏的暖氣讓牠暖和了過來，牠開始在屋裏走動，開始吃魚。沒過幾天，頭上那塊紅色的頂越發紅彤彤起來，好似亮閃閃的寶石，我喚牠『紅寶石』。我細細查看紅寶石，見牠沒有哪兒傷着，為甚麼落在這個冰天雪地裏？」

「奇怪，真奇怪。」娟草一臉驚訝的表情。

爸爸呵呵直笑：「當然奇怪了。後來，我發現紅寶石的左翅膀一直耷拉着，這才知道牠的翅膀受傷，飛不起來了。幸好那天被我發現，要不，紅寶石肯定就凍死、餓死在冰面上了。」

「紅寶石飛不起來，總是跟在我身後到處串門。我到哪兒，牠到哪兒，村裏的小夥伴笑牠是一隻大白鵝。有時我把牠關在屋外，逼着牠飛，牠就可憐巴巴地站在窗下，用嘴『咚！咚！咚！』敲窗戶。」

「冬天過去，春天來了，河面的冰融化，紅寶石自己到河邊去捉魚蝦吃。等到丹頂鶴從南方飛回來時，紅寶石焦急了，不時地

『嘎哇』叫着，聲音一天比一天響，撲騰着翅膀往空中飛。起初，飛得跌跌撞撞，後來越飛越高。一天，紅寶石飛出去，就再沒有回來。」

「你那時候擔心紅寶石嗎？」娟草問爸爸。

「不擔心，牠是一隻丹頂鶴，就該飛在天空，生活在野外。牠回到自己的生活裏去了，我應該高興啊。」

「鶴娃飛走了，可我高興不起來，總是擔心。」

「紅寶石是一隻成年丹頂鶴，牠只是受了傷，暫時停留在我的身邊過了冬天。鶴娃不一樣，牠是一隻幼鶴，是你餵養大的，牠第一次南遷，要飛很久很久，才能飛到鹽城濕地。一路上不僅耗力氣，還會碰到一些波折，你當然會擔心的。但你想想，動物都要經歷一次次磨煉，才能生存下來啊。你剛剛告訴爸爸，鹽城濕地和我們扎龍濕地一樣，有河流，有草灘，有蘆蕩，還有紅海灘。紅海灘上還有小蟹和跳跳魚。鶴娃在鹽城濕地一定會過得很好的。你放心吧。」

娟草點點頭。

爸爸又繼續講他餵養的丹頂鶴灰灰、大翅、長嘴的故事⋯⋯

最後，爸爸說：「我餵養的都是成年鶴，牠們幾乎都是受傷，被人發現，收留回家餵養的。只有鶴娃是我撿到的第一隻剛剛出生沒幾天的小丹頂鶴，你能把牠餵養大，真是不容易。我們娟草比爸爸牛。」

娟草開心得咯咯直笑。

## 3

娟草童花頭，圓圓臉，黑漆烏溜的大眼睛，臉上總是掛着明朗的笑，從嘴角笑到眼角。娟草走到哪兒，一不留神，「咯咯咯」的笑聲就從嘴角溜了出來。

這麼愛笑的娟草，可惜沒有了媽媽。

很小的時候，娟草見鶴村的小夥伴們都有媽媽，她問爸爸：「我有媽媽嗎？」

「有啊。」

「媽媽在哪兒？」

爸爸讓娟草騎到肩上，指着高遠的天空：「媽媽在那兒，她整日都看着我們。娟草笑，媽媽就笑；娟草哭，媽媽就哭。娟草不讓媽媽哭，就得天天笑。」

娟草咯咯地笑了。

從那以後，娟草再也沒有問過爸爸媽媽在哪兒了。她明白媽媽就在天上。白天，媽媽藏在太陽裏；晚上，媽媽藏在月亮裏。媽媽喜歡看着她笑。娟草總是「咯咯」地笑。

可這些日子，娟草不再「咯咯」笑，總是仰望空蕩蕩的天空，琢磨一件事：丹頂鶴為甚麼要到鹽城濕地過冬天呢？課間，娟草不禁嘀咕起來，大桐接上話：「這太簡單了，我們這兒冬天冷，牠們要去南方尋找温暖。」

娟草的好朋友香香追問：「丹頂鶴身上的絨毛那麼厚，應該很保暖，我覺得牠們在這兒過冬，也不應該怕冷啊。」

大桐說：「即使丹頂鶴不怕冷，我們這兒的河流都結冰了，牠們到哪兒找魚蝦吃？沒吃的，牠們就得餓死。牠們必須飛走啊。」

大桐剛解答完，就有同學提出疑問：「有些鳥就沒有飛走啊，牠們就留在這兒過冬，也沒有餓死啊？」

「鳥和鳥是不同的，飛走的是候鳥，留下的是留鳥。」大桐剛回答完，同學們新的疑惑又來了：「天空無邊無際，像丹頂鶴這樣的候鳥，要從北方飛到南方，那麼遠的路，怎麼就不迷路呢？我們在蘆蕩裏走還會迷路。」

「白天，丹頂鶴是看着太陽飛；夜晚，丹頂鶴是看着月亮飛。」

「沒有月亮的夜晚呢？」

「沒有月亮，丹頂鶴就看着星星飛。」

「夜空星星點點，丹頂鶴怎麼看着星星飛？」

同學們爭論起來。

校長老師來了，問同學們爭論甚麼。大桐說：「他們甚麼都不知道，問這問那的，丹頂鶴為甚麼要到鹽城濕地過冬天啊？在空中飛怎麼不迷路啊？一大串問題，我都回答了。」

「不錯嘛。」校長老師拍拍大桐誇讚着。

大桐很得意地朝娟草看了一眼。

校長老師接着對同學們說：「看樣子我們鶴村的孩子都很關心丹頂鶴嘛！近期，我倒是聽到一個好消息，扎龍濕地很快要建立自然保護區了。」

「甚麼是自然保護區？」大桐張口便問。

娟草咯咯地笑了：「自然保護區肯定就是保護丹頂鶴了。」

校長老師點點頭：「保護區是為了保護丹頂鶴，同時還要保護丹頂鶴以及其他禽鳥賴以生存的濕地環境。丹頂鶴是瀕危物種，世界上僅剩下兩千多隻，很令人擔憂。這個物種，不加以保護，很有可能就會滅絕。」

「啊！」所有的孩子都被驚到了，他們從來沒有想過丹頂鶴這麼稀少。校長老師告訴同學們：「每一隻丹頂鶴都很珍貴，建立保護區，就是想讓丹頂鶴得到更好的餵養和照料，確保牠們存活。過去，我們鶴村的很多人家都養過鶴，以後碰到受傷的丹頂鶴，就不要撿回家餵養，而要送到保護區餵養了。」

大桐朝娟草擠擠眼：「如果早有保護區，你爸爸撿回來的鶴就得送到保護區，你就不可能餵養鶴娃了。」

校長老師說：「娟草爸爸把迷路的鶴娃帶回家，娟草餵養鶴娃，他們就是在保護丹頂鶴。」

受到校長老師的誇讚，娟草很得意地朝大桐看了一眼。

放學後，娟草告訴爸爸：「校長老師說，我們這兒要建立自然保護區了。」

「爸爸知道。今天早上就有專家來我們鶴村考察，大家說我喜歡養鶴，專家就來找我，和我聊了很久。我給他們講了紅寶石的故事，講了我餵養的幾隻丹頂鶴的故事。」

「你沒有給專家們講鶴娃的故事嗎？」娟草急了。

「怎麼可能不講鶴娃的故事？我還告訴他們，當初鶴娃病了，

是你硬把鶴娃救回來了，專家們都誇獎你了。」

娟草樂得咯咯直笑，問爸爸：「專家們說甚麼時候建立自然保護區？」

「他們已經開始籌備，明年春天就正式修建了。」

這消息讓娟草充滿了期待，這份期待，讓眼下寒冷的冬天有了別樣的滋味和美好。

第三章

——

黑水晶

# 1

　　第二年春天，扎龍濕地建立了自然保護區。在空闊的茫茫濕地上修建了幾間房和一排鶴舍，做了養鶴場。

　　有養鶴經驗的爸爸被鶴場招去養丹頂鶴。這把喜歡丹頂鶴的娟草樂壞了，除了上學，抽空就去鶴場幫爸爸照料丹頂鶴。

　　只要娟草走進鶴場，笑聲就響在鶴場，引得丹頂鶴們都發出親熱的鳴叫聲。可有一隻丹頂鶴從來不理睬娟草，一旦娟草走近，牠伸出尖嘴就啄。但這隻丹頂鶴高大帥氣，眼睛黑漆閃亮如水晶，神采奕奕，娟草尤其喜歡牠，喚牠「黑水晶」。

　　黑水晶是一隻野生丹頂鶴，是爸爸從蘆葦叢裏撿回來的。那天，恰逢鶴場家養的一隻鶴放飛後，沒有回到鶴場，爸爸在濕地上尋找，忽聽蘆葦叢裏有丹頂鶴的哀鳴聲，爸爸以為是丟失的家鶴落在了那裏，便走進蘆葦叢。可他看到的不是家鶴，而是一隻受傷的野生丹頂鶴。

　　爸爸一下就猜到這隻受傷的丹頂鶴是被親鶴父母攆出來的。

　　每年春天，親鶴父母會在扎龍濕地孵化小鶴，秋天，帶着小鶴一起南遷，飛往南方的鹽城濕地越冬。這期間，這對親鶴不停地教給小鶴獨自生存的能力。到了來年春天，親鶴把小鶴又帶回到這兒。幾天後，親鶴就開始攆小鶴離開。牠們要在春天繁殖孵化新的小鶴，這是丹頂鶴的生存規則。而黑水晶天生倔脾氣，不肯離開親

鶴，追着攆着親鶴的身影飛。忙着築巢的親鶴被黑水晶叫得不得安寧，非常惱火。鶴爸爸衝上天空，狠狠地啄黑水晶，逼着牠離開。鶴媽媽也衝上天空，撲棱撲棱搧動翅膀撲擊黑水晶。

黑水晶不能接受曾經疼愛自己的父母拋棄牠，傷心地哀鳴着，墜落在了一片蘆葦裏。

爸爸把蘆葦叢的黑水晶抱回鶴場，幫牠細細檢查一遍，只是受了外傷，沒有大礙。可黑水晶神情恍惚，不吃不喝。過了半天，黑水晶才開始喝水吃魚。爸爸精心照料了幾天，黑水晶身上的傷就癒合了。

在一個風和日麗的下午，爸爸把黑水晶放回大自然。沒想到，牠在藍天下飛了一圈，又飛回了鶴場，牠已經不願離開鶴場了。

爸爸就留下了黑水晶，但心裏依舊希望牠回歸自然，所以幾乎散養着牠。

黑水晶倒是很安心地待在鶴場，但一直保持野生丹頂鶴的野性和脾氣，不讓人靠近，除了娟草的爸爸，其他人誰靠近牠就啄誰。

一天，娟草拿條鮮活的小魚伸到黑水晶嘴邊，黑水晶張開翅膀直撲過來。娟草嚇得直往後退，黑水晶不依不饒地追過來，逼得娟草「撲通」跌在了身後的一灣大水塘裏。埋頭打掃鶴舍的爸爸聽到聲音，抬頭看到黑水晶緊追娟草，大聲呵斥：「黑水晶，不准欺負娟草。」

黑水晶停住腳，立在水邊，對着水塘裏的娟草低頭鳴叫。

娟草從水塘裏爬起來，一身水淋淋地走到爸爸面前，一臉委屈地說：「爸爸，黑水晶為甚麼總要啄我？」

爸爸問娟草：「鶴娃會啄你嗎？鶴娃天天黏着你，到了秋天，該去南方過冬了，牠都不願離開你。」

娟草明白了，對黑水晶要像對鶴娃那般好，終有一天，黑水晶會像鶴娃那樣黏着自己的。翌日中午放學，娟草沒有回家，直接往鶴場走。天冷，風一吹，娟草的臉紅彤彤的，她脖子上圍着紅圍巾，把整個臉襯得更紅了。

娟草笑呵呵地走進鶴場，剛走到黑水晶身邊，還沒站穩腳，黑水晶伸出尖嘴，一口啄下娟草脖子上的紅圍巾，爸爸哈哈大笑：「這個黑水晶真是太過分了。」

娟草滿臉的笑容給凍住了。

黑水晶叼着紅圍巾，大搖大擺地走向水塘，將紅圍巾扔到水裏，然後盯着水裏的紅圍巾看。娟草見黑水晶一副很是陶醉的樣子，好心好意地説：「你如果喜歡紅圍巾，我可以送你，紮在你細長的脖子上，一定非常好看噢。」

黑水晶突然「嘎——哇——」一聲，抬起腳踩着水裏的紅圍巾，濺起一片水花，同時用尖嘴瘋狂地啄，一下又一下，啄出一個又一個窟窿。爸爸趕忙走過來，從水裏撈起紅圍巾，訓斥黑水晶：「你把娟草的紅圍巾拖到水裏，啄出一個個洞，你像話嗎？」

黑水晶很霸氣地挺直身子，看看爸爸，又看看娟草，然後若無其事地走開了。

星期天，娟草可以整日待在鶴場照料丹頂鶴，爸爸就放心地出門捕魚給丹頂鶴吃。爸爸走後，娟草在鶴舍間來回觀看，見黑水晶一隻腳獨立在淺水裏，頭插在背後的羽翼裏休息。娟草大膽起來，

輕手輕腳地走近牠。可黑水晶十分警覺，迅猛伸出頭，毫不留情地啄向娟草的褂子，啄出一個小窟窿。

娟草撒腿就跑，黑水晶撐起寬大的翅膀緊緊追上，那氣勢，恨不得用兩隻大翅膀撲倒娟草。娟草嚇得停住腳步。黑水晶也停住了腳步，翅膀盡力撐着，根根羽毛如同一支支利箭，隨時都會射出去。

娟草驚恐地向遠處眺望，盼着出門捕魚的爸爸能回來。

四周靜悄悄的，滿眼是水窪、草地、蘆葦，沒有一個人影，就連一隻鳥都沒有，天地間空茫茫的。娟草越發害怕了。過了一會兒，黑水晶收起雙翅，挺直脖子，邁着細長腿，不緊不慢地繞着娟草走，走了一圈又一圈。娟草從最初的驚恐到慢慢平靜，溫和地說：「黑水晶，我喜歡丹頂鶴，我曾經養過一隻鶴娃，帶牠洗澡，帶牠去捉魚蝦……」

黑水晶非但沒有被娟草的話打動，反而用堅硬的尖喙啄了娟草的手背，這突如其來的襲擊，讓娟草疼得發出一聲尖叫：「啊——」

黑水晶後退了幾步，再次撐開翅膀，對着娟草一個勁兒地搧動，好似在示威，同時昂頭仰脖大聲鳴叫，引得其他家鶴都跟着鳴叫起來，那聲響震得娟草耳膜疼。

娟草又害怕又傷心，不安地看着黑水晶。

一會兒，黑水晶騰空而起，娟草趁機拔腿就逃，黑水晶盤旋在娟草的頭頂追着，然後直直落下，杵在娟草面前擋住她的路。娟草收住了腳步，像根木樁似的豎在那，再也不敢動彈了。

許久，爸爸從草灘的盡頭走來，一眼看到娟草被黑水晶盯上，趕快飛跑過來。爸爸看到娟草的手背被啄傷，褂子被抓破，心疼地

歎息着：「這個黑水晶又欺負娟草了。」

黑水晶看到爸爸，這才放過娟草，走到爸爸身邊，親熱地繞着爸爸轉。爸爸把魚簍遞給娟草：「餵黑水晶吃魚，牠終有一天會喜歡你的。」

娟草從魚簍裏拿出鮮活的魚，哆哆嗦嗦地伸到黑水晶的嘴邊。黑水晶扭頭拒絕吃，爸爸嘿嘿一笑：「這個黑水晶脾氣真大。娟草，還是我來餵牠，你去餵其他丹頂鶴吧。」爸爸説着拿起一條魚，黑水晶一口就叼住了。

娟草深深歎口氣，背着魚簍去餵其他丹頂鶴了。

娟草幾乎天天來鶴場，幫爸爸打掃鶴舍，幫爸爸給丹頂鶴們餵食，就是不敢靠近黑水晶，只是遠遠地招呼一聲黑水晶。

黑水晶不再追着攆着啄着娟草，但總是那副冷漠孤傲的樣子，不搭理娟草。

## 2

　冬去春來，野生丹頂鶴在扎龍濕地和遙遠的鹽城濕地間來來往往，一晃，鶴娃離開娟草很久了。

　眼下是春季，在鹽城濕地越冬的丹頂鶴又飛回來了，娟草只要看到丹頂鶴的身影飛在藍天下，或是靜立在河灘上，她總會想到鶴娃，忍不住要挨個兒看過去，仔細尋找鶴娃的身影。可惜娟草一直沒有找到她的鶴娃。是鶴娃在旅途中走丟了，沒有回到扎龍濕地？還是鶴娃早已經把她給忘了？娟草的心裏擱着無數個猜測。每次到鶴場看到家養的丹頂鶴，她就格外思念鶴娃，她像疼愛鶴娃一樣疼愛着鶴場裏的每一隻丹頂鶴。

　春天在娟草的思念中轉瞬即逝，夏天帶着一股火熱撲面而來。這時節，萬頃蘆葦蓬蓬勃勃，長勢喜人。丹頂鶴除了飛翔在空中，一旦落在碧波浩蕩的蘆葦叢裏，整個兒就給淹沒了，喜歡尋找丹頂鶴身影的娟草，壓根兒看不到牠們的身影，總感到丹頂鶴寥寥可數。等到秋天帶着一股涼風走來時，碧綠如玉的蘆葦一片金黃，陽光一照，發出閃閃金光，風一吹，蘆葉瑟瑟，發出雨一般的聲音。隨後，蘆葦的枝頭綻開了蘆花，潔白的花絮細小又輕盈，隨風飄散，橫飛上揚，左右飄舞。它們自由自在，最終都如雪花飄落下來，落了一層又一層，覆蓋了沼澤地，覆蓋了池塘，覆蓋了河面，覆蓋了房頂。

丹頂鶴們嗅到了風中的寒冷氣息，「嘎嘎，嘎嘎！」一陣鳴叫，騰空而起，飛上了天空，牠們一起疾飛，一起滑翔。

　　娟草看着丹頂鶴浩浩蕩蕩的身影，知道牠們又要遷徙了，很是不捨。

　　幾天裏，野生丹頂鶴的身影紛紛消失在了南邊的天際，僅有鶴場飼養的十幾隻丹頂鶴留在扎龍濕地過冬。牠們在蘆葦蕩的上空飛來飛去，或是棲息在秋天的水邊，對着秋日空寂的天空鳴叫。

　　鶴場就建在這片寂然的濕地上，難得看到一個人影，眼下是秋天，也很少看到一隻鳥兒飛翔的身影，天地一片空茫。爸爸想讓鶴場有個充滿生機的標誌，便在鶴舍門前的空草地上豎根高高的旗杆。

　　清晨，爸爸帶着娟草把一面彩色的信號旗順着旗杆，一躥一躥地升到旗杆的頂端，一碧如洗的晴空下，飄起一面彩色的旗子。瞬間，鶴場有了亮色，有了生機。而待在鶴舍裏的黑水晶，看到飄動的彩旗，嚇得抓着鶴舍的鐵絲網撲騰着翅膀。慌亂間，牠的爪子抓破了，血一滴一滴往下落。黑水晶看到血，更慌張了，「嘎嘎」直叫喚。

　　娟草聽到鶴鳴聲，朝鶴舍看去，看到黑水晶發瘋似的往鶴舍頂上爬。發生甚麼事了？娟草衝向鶴舍，看到黑水晶對着彩旗驚悚暴躁的樣子，猜測黑水晶可能是怕飄動的彩旗。她忙掉頭對着旗杆下的爸爸喊：「爸爸，快把信號旗拿下來，黑水晶好像害怕飄在藍天下的彩旗。」

　　爸爸擺擺手：「不行，信號旗將是鶴場的標誌，還是讓黑水晶

慢慢適應吧。」

　　娟草一頭衝進鶴舍，對着驚恐不安的黑水晶説：「別怕，那是信號旗飄在藍天下，它不會傷着你的。」説着娟草朝黑水晶伸出雙手。這次，黑水晶沒有拒絕，由着娟草帶牠來到一間房屋裏。娟草找根布條細心地裹在黑水晶劃破的腳趾上，黑水晶漸漸平靜了下來。

　　一連幾天，娟草來鶴場查看黑水晶腳上的傷口，黑水晶都順從地給娟草看。娟草看過傷口，就把牠帶到旗杆下看信號旗。起初，黑水晶很不安地低鳴着「嘎哇咮！」「嘎哇咮！」後來漸漸大膽起來，昂首鳴叫「嘎——哇——」「嘎——哇——」叫聲又和過去一樣清脆嘹亮。

　　等到腳上的傷口癒合，黑水晶撐起兩扇羽翼，好似一艘船，揚起潔白的船帆，一個衝刺，飛到信號旗的上空，繞着信號旗盤旋着，蹁躚。站在旗杆下的爸爸提醒道：「黑水晶不能啄信號旗。」

　　娟草説：「我相信黑水晶不會啄信號旗的。」

　　黑水晶對着信號旗細細打量一番後，一振翅膀飛到高處，在藍天下劃出一道潔白銀亮的線，瞬間不見了影兒。

　　那以後，黑水晶只要飛起來，必定要飛到信號旗的上空盤旋幾圈。其他鶴隨着黑水晶一起飛，飛成一排，從信號旗上空悠悠地滑過。有時，一隻接一隻飛，飛到空中，上下交錯，翻飛在信號旗的四周，宛如一朵朵流動的白色花朵，點綴着彩色的旗子，綻放在藍天裏，真是美到了極致。

　　娟草看入迷了，她更加喜歡丹頂鶴，更加喜歡黑水晶了。

漸漸地，黑水晶對娟草友好了許多。一天，娟草嘗試着給黑水晶餵魚，黑水晶一口叼住。娟草開心得嚷起來：「黑水晶吃我餵的魚了。」

　　爸爸笑呵呵地説：「看樣子，我家娟草和丹頂鶴有緣，長大了，就和爸爸一起在鶴場養鶴吧。」

　　爸爸這句逗趣的話，無意間點亮了娟草心中的夢想。

　　不久，娟草在作文裏寫了丹頂鶴，寫了鶴娃的故事，寫了黑水晶的故事，並期盼自己長大了做一個牧鶴人。

　　校長老師很欣賞娟草的作文，他在課堂上聲情並茂地朗讀娟草的作文，和同學們分享娟草的美好夢想。

　　同學們卻哄堂大笑。

　　大桐很不客氣地指着娟草説：「一個女孩做牧鶴人，真可笑。」

　　校長老師問大桐：「一個女孩做牧鶴人，有甚麼可笑的？」然後很嚴肅地對全班同學們説：「一個女孩想做牧鶴人，我覺得這是一個神聖的夢想。鶴是世界瀕危物種，尤其是丹頂鶴，已經到了滅絕的邊緣，牠是動物間體態最優雅、最高貴的物種之一。自古以來，我們就把丹頂鶴當作吉祥長壽的象徵，尤為珍愛牠。娟草喜歡丹頂鶴，長大了要做一個牧鶴人，是一件了不起的事。我們應該給予掌聲。」

　　同學們嘩嘩鼓掌。

　　那一刻，娟草更加堅定心中的夢想：長大了做一個牧鶴人。

## 3

天越來越冷，走進了深秋。

人們從四面八方來到扎龍濕地收割金燦燦的蘆葦，他們揮舞着鐮刀，嚓嚓，嚓嚓，一鐮一鐮，割下一片又一片蘆葦。收割蘆葦的男男女女，頭髮、眉毛、衣衫上都掛了蓬鬆的花絮。他們的臉上露着收穫的喜悦，把割下的蘆葦搬運到一隻隻大木船上，順着蜿蜒的河道，一垛一垛金燦燦的蘆葦走出了濕地，走向了遠方。

大片大片蘆葦被割下，娟草感到濕地有些蒼茫，但視野卻前所未有的開闊。

一天，娟草走在放學的路上，看到路邊的蘆葦又倒下一片，露出橫七豎八的蘆葦茬，卻不見收割的人。她不禁好奇地張望着，看到不遠處未割下的蘆葦在劇烈顫動，裏面傳來幾聲「咕嚕」的鶴鳴聲，那聲音很微弱，好似喉嚨被甚麼東西堵住，難受得叫不出聲來。娟草以為是鶴場裏飛出來的丹頂鶴，吃了甚麼可怕的東西，嗓子被塞住，喘不過氣來了。娟草大聲喊：「別怕，我是娟草，我來救你。」

在蘆葦叢裏的丹頂鶴好似聽到了娟草的聲音，用盡最後一絲力氣，發出了一聲哀鳴。

娟草踩着蘆葦茬，朝着那片蘆葦直衝而去。

突然，一個粗壯的黑漢子手裏拎隻丹頂鶴，從蘆葦裏「霍」一

下冒了出來，嚇得娟草一哆嗦。等她緩過神，一眼認出黑漢子手裏的丹頂鶴竟然是黑水晶，娟草大聲叫着：「快放下黑水晶，牠是鶴場裏的丹頂鶴。」

黑漢子聽到娟草嚴厲的叫聲，怒不可遏，瞪視着娟草。

原本黑漢子低頭割蘆葦，忽感眼前閃過一道白光，好似一團白綢從天空悠悠滑落。黑漢子抬起頭，看到一隻丹頂鶴落在了腳邊。丹頂鶴一點也不懼怕他，在他面前邁着細長腿，來回晃悠着。忽然間，黑漢子起了偷盜的念頭，想逮住這隻丹頂鶴去賣，一定會賣出一個好價錢。

丹頂鶴個頭大，又很警覺，想逮住牠實在不容易。黑漢子不敢輕舉妄動，琢磨着怎麼下手才能一把逮住牠。還沒等黑漢子下手，黑水晶倒伸出尖嘴啄了一下黑漢子的褲子，啄出一個窟窿。黑漢子先是很氣憤，轉而狡詐地等待着丹頂鶴的攻擊。當黑水晶再次啄他的時候，他順手一把捏住了黑水晶細長的脖子。黑水晶用腳踢，用翅膀撲打黑漢子。黑漢子一個踉蹌，跌在了蘆葦裏，但黑漢子的手卻死死掐住了黑水晶的脖子。當黑漢子拎着黑水晶從蘆葦裏掙扎着爬起身，恰好被娟草撞上。

娟草怕黑水晶被掐死，攢足了勁一頭撞向黑漢子。黑漢子一閃身，娟草撲空在了蘆葦裏，一根蘆葦刺破了娟草的手掌，一陣錐心的疼痛。娟草顧不上疼痛，一把抱住想邁步走開的黑漢子。黑漢子甩起一腳，狠狠踢到娟草的臉上，娟草被踢得兩眼模糊，鼻子流血了，嘴角流血了，但堅決不放手。

「你這個臭丫頭給我滾開。」黑漢子氣急敗壞，用手揪起娟草的

頭髮，把娟草高高拎起，使勁地摔出去。這次，娟草被重重地摔在蘆葦裏，疼得一聲尖叫，眼淚簌簌而下，但她咬住牙，忍住全身的疼痛，爬起來，勇猛地衝過來，雙手抱着黑漢子手裏已經昏迷的黑水晶，傷心地呼喚着：「黑水晶——」

那呼喚聲飄蕩在蘆葦的上空，撞進黑漢子的心裏。

黑漢子看着眼前鼻子和嘴角流着血，一臉淚水的女孩。忽然間，他感到很是恐慌，禁不住一陣哆嗦，無力地放下了手裏的黑水晶。

黑水晶如同一團軟軟的棉絮癱在了地上，娟草抱起昏迷的黑水晶，心疼地撫摸着，輕輕搖晃牠的脖子。昏迷的黑水晶發出了微弱的「咕咕」聲，娟草激動得呼喊着：「黑水晶還活着，黑水晶還活着。」

黑漢子低下頭，背過身，腳下的鐮刀沒有拿，割下的蘆葦垛沒有運走，就失魂落魄地跑了，消失在茫茫的天地間。

娟草抱着黑水晶迅速往鶴場跑。

一路上，黑水晶緊貼着娟草，長脖子擱在娟草瘦小的肩頭，黑水晶的這份依戀讓娟草感到十分欣慰。娟草飛快回到鶴場。爸爸心疼極了，問娟草：「你們怎麼啦？」

娟草來不及細説，急切地問爸爸：「黑水晶會有生命危險嗎？」

爸爸從娟草手裏接過迷迷糊糊的黑水晶，試着把牠放下看看。黑水晶踉踉蹌蹌，等了好一會兒，才站穩了。黑水晶好似緩過神來，伸直脖子，來來回回走了幾步，拍打拍打翅膀，「嘎嘎」兩聲，飛了起來，低旋一圈，衝上了天空。

從此，黑水晶變得十分依戀娟草。只要娟草走進鶴場，黑水晶第一個對着娟草鳴叫：「嘎哇——」「嘎哇——」聲音嘹亮得響徹雲霄。

娟草越發喜歡黑水晶，黑水晶也越發信賴娟草。漸漸地，他們之間有了一份心靈感應，黑水晶好似能聽懂娟草的話。

娟草在蘆葦叢間的小路上跑，黑水晶張開翅膀，邁着細長腿跟着娟草跑。娟草蹦跳，黑水晶隨着娟草的步子一蹦一跳。娟草彎腰鞠躬，黑水晶彎下脖頸，屈膝，表示友好。娟草轉圈，黑水晶樂顛顛地跟着轉圈，轉了一圈又一圈。娟草捧起雙手向上托起，黑水晶隨即騰空而起，白色的身影滑向天空。娟草對着天空招手吹口哨，黑水晶悠悠墜落到娟草的腳邊。娟草朝空中拋出一條魚獎賞黑水晶，黑水晶輕輕一躍，一口銜住了空中的小魚。

娟草真是心花怒放，禁不住要和同學們分享這份美好。沒想到，同學們聽了娟草的描述，一臉疑惑。大桐直接笑話娟草：「你吹牛吧，我不相信丹頂鶴能聽從你的指揮。」

娟草神氣地說：「不信，我帶你們去鶴場看黑水晶表演。」

放學後，一羣同學隨着娟草來到鶴場。

他們剛走進鶴場，黑水晶就迎了上來。娟草朝黑水晶做一個鞠躬的姿勢，黑水晶隨即屈膝，彎下身子。娟草雙手托起，黑水晶張開翅膀，「呼啦」一下飛上了天空。娟草朝空中的黑水晶招手吹口哨，黑水晶在同學們的頭頂盤旋一圈，落到了娟草的腳邊。

同學們一片驚歎：「哇，太神奇了，黑水晶真的聽從娟草的指揮。」

娟草得意地說：「黑水晶就聽我的話。過去，黑水晶脾氣可大

了，除了我爸爸，不讓任何人靠近牠，誰靠近牠就啄誰。」

大桐一聽來勁了，拿起一根蘆葦猛然抽了黑水晶一下，故意逗黑水晶生氣啄人。黑水晶火了，張開翅膀撲了過來，娟草衝過去攔住了黑水晶，抱着暴怒的黑水晶，安撫了半天，黑水晶才平靜下來。

娟草怕黑水晶再次襲擊大桐，把牠關進高大的鶴舍裏。娟草走出鶴舍，隨手拔起一把蘆葦，氣鼓鼓地衝向大桐，一副要和大桐拼個你死我活的樣子。

大桐尷尬極了，連連説：「對不起，對不起。」

同學們紛紛指責大桐太過分，勸説娟草原諒大桐。

娟草這才放過大桐。

大桐心悦誠服地低下頭。

這次，同學們親眼看到黑水晶的表演，十分信服娟草，喚娟草是「鶴仙子」。

娟草很高興同學們這麼叫她。

娟草馴化丹頂鶴的事情在同學們中間傳開了，在鶴村小學傳開了，漸漸地，在鶴村傳開了，在濕地上傳開了，越傳越遠。

# 第四章

## ── 小小鶴

## 1

秋天又來了，這意味着丹頂鶴又要告別扎龍濕地，去鹽城濕地越冬。孩子們看着一羣又一羣丹頂鶴朝南飛去，嚷嚷着：「丹頂鶴又飛走了。」娟草沒有嚷，心裏裝滿不捨，擔心丹頂鶴在遷徙途中會遭遇甚麼不測。她仰頭目送着鶴羣，直到一道道白光消失在藍天裏。

一天，娟草走在放學的路上，看到龐大的鶴羣，猶如一朵朵白雲，堆出了雲山，堆出了雲海。娟草驚呆了，仰頭數着：一隻、兩隻、三隻、四隻、五隻……漸漸地，鶴羣如同翻滾的白色波浪，湧向天邊，淹沒在了藍天裏。

娟草雕塑一般立在草地上，等待着下一批遷徙的鶴羣。等啊，等啊，等了半天，再也沒有等來一隻遷徙的丹頂鶴。娟草這才反應過來：所有的野生丹頂鶴都離開了扎龍濕地，飛向了遙遠的鹽城濕地。娟草的心裏空落落的。她來到鶴場，告訴爸爸：「丹頂鶴又飛走了。」

爸爸輕輕地說：「明年春天，牠們又都飛回來了。」

「爸爸，丹頂鶴一定要遷徙才能存活下來嗎？」

「不一定，日本北海道就有一羣不遷徙的鶴，一年四季都留在那裏。爸爸和鶴場的叔叔們想在明年春天人工孵化一羣丹頂鶴，建起一個不遷徙的丹頂鶴種羣。」

「哇！」娟草一掃心裏的失落，興奮得又蹦又跳。

「幼鶴可難餵養了。」爸爸感歎了一聲。娟草自信滿滿地説：「我餵養過鶴娃，我有餵養幼鶴的經驗。」

爸爸笑了：「你那麼一點養鶴的經驗是不夠的，我們都得學習。」

娟草點點頭。這一刻，娟草的心裏充滿了無限的嚮往和期待，她抬頭仰望天空，暢想一羣羣丹頂鶴飛在空中的情景。

爸爸和鶴場的叔叔們要在扎龍濕地建一個不遷徙的鶴羣，他們不僅出門請教專家，同時開始研讀關於人工孵化和餵養丹頂鶴的書籍。

娟草把爸爸擺在牀頭的書，拿來一本本地讀。從書本中，娟草知道了許多丹頂鶴的故事。上學的時候，娟草就和同學們分享書中的內容，告訴同學們：「鶴場要人工孵化丹頂鶴，要建起一個不遷徙的鶴羣。很多年前，人們就開始人工孵化丹頂鶴。第一次，把鶴蛋放在雞窩裏，母雞坐在鶴蛋上，一連數日，終於孵出一隻幼鶴。」

大桐一臉驚訝：「哇，母雞嚇壞了，這隻小雞怎麼這麼大啊？」

同學們哈哈大笑，娟草跟着哈哈大笑。接着，娟草很惋惜地説：「可惜幼鶴僅僅存活了七天就夭折了。後來人們把鶴蛋放在鳥窩裏，小鳥孵出了一隻幼鶴，終於成活了。」

同學們沒耐心聽，急切地問娟草：「這次鶴場孵化丹頂鶴放在哪兒孵化？」

大桐回答：「肯定是娟草把鶴蛋焐在懷裏孵化。」

「胡説八道。」同學們紛紛指責大桐。娟草非但沒有生大桐的氣，反倒浮想聯翩起來。儘管，娟草知道鶴場將用孵化箱來孵化鶴

蛋，但她想像過許多孵化的方法，甚至想過大桐説的方法：把鶴蛋焐在她的懷裏孵化，直到有一天，在課堂上，懷裏的鶴蛋裏走出一隻小鶴，「嘰嘰」叫着，同學們循着叫聲到處找⋯⋯

娟草想像着這樣歡樂的場景，樂翻了，樂得急不可耐，期待春天早點來臨。可眼下才是秋天，蘆葦一片金黃，沐浴着秋陽，綻放出了潔白的花穗，鬆蓬蓬的。秋風一吹，絲絲縷縷花絮隨風飄動，忽上忽下，纏纏綿綿，讓秋日變得綿長了起來。

秋天終於去了，冬天來了，水邊的蘆葦被潔白的雪覆蓋，猶如堆出的長長雪坡，滿世界一色的銀白。時光好似凍在了茫茫的白光之中，帶着一股股寒氣的日子更加漫長。娟草期盼着，等待着，終於等來了春天。冰雪融化，冰封的河流又潺潺流動起來，水邊枯萎了的蘆葦叢中冒出紅色的嫩芽兒，映紅了整片濕地。看着，看着，它們躥高了，綠了，春風一吹，綠波滾滾。

岸邊的綠草地上盛開着鮮花。

一羣羣鳥飛來了，密密麻麻。飛在高處，娟草根本辨不清牠們的身影，只感到滿耳是鳥鳴聲，滿眼是飛鳥。「嘎——哇——嘎——哇——」丹頂鶴的鳴叫聲從數里之外傳來，高亢悠遠，遮過所有鳥兒的聲音。空曠寂寞的濕地，一下子喧騰了起來。牠們剛出現在天邊，娟草就看到了，因為牠們是空中最美的仙子，不管飛多高，娟草都能一眼看清牠們優美的身影。

丹頂鶴飛了很遠很遠的路，好似累了，紛紛落在水邊，把頭埋到水裏搖晃，洗去一身的勞累。丹頂鶴梳理着被風吹亂的羽毛，輕盈地在水邊踱步，飄逸的身影倒映在水中。

從南方歸來的丹頂鶴稍事休息後，就開始忙碌起來，牠們銜來蘆葦、烏拉草、三稜草在蘆葦叢裏築巢。同時不停地大聲鳴叫着，彷彿在宣告：「我們已經在這兒安家了。」

　　其他鳥兒和丹頂鶴一樣，紛紛忙碌起來，在蘆葦蕩裏、灌木叢邊、樹頂上、草窠間築巢下蛋。

　　一早，爸爸撐着小木船帶着娟草到蘆葦蕩裏撿蛋。娟草和爸爸想看看有沒有漏下的無丹頂鶴孵化的鶴蛋，好撿回鶴場進行人工孵化試驗。可大半天過去，他們一隻蛋都沒有撿到。

　　碰到路過的孩子們，娟草總要問一聲：「你們看見過鶴蛋嗎？」

　　「沒有。」

　　尋覓了幾天，娟草和爸爸都沒有撿到一隻鶴蛋。

　　當看到大桐和一羣男孩在不遠處的蘆葦邊玩耍時，娟草便大聲喊起來：「大桐，你們有人看到鶴蛋了嗎？」

　　「沒有。但我可以幫你拿到鶴蛋。」

　　「你要怎麼拿？」

　　「找到鶴巢，把鶴巢裏的丹頂鶴攆走，就能拿到牠們的鶴蛋了。」

　　「不可以這樣。」

　　「要想拿到鶴蛋只能這樣，兩隻親鶴輪流坐在鶴巢上，一刻不離地守護着鶴蛋，你不偷襲，一輩子也拿不到鶴蛋。」

　　「我一輩子拿不到鶴蛋，也不允許你偷襲鶴巢。」

　　大桐呱呱嘴，帶着一羣男孩走了。

　　娟草對着大桐的背影，大聲叮囑着：「大桐，我絕對不允許你

偷襲鶴巢。」

大桐聳聳肩：「我才不會去拿鶴蛋，我還要玩呢！」

大桐走遠了，爸爸對娟草說：「大桐的話不是沒有道理，我們不偷襲鶴巢，根本撿不到鶴蛋，沒有鶴蛋，怎麼進行人工孵化丹頂鶴的試驗？」

娟草看着爸爸。

爸爸說：「丹頂鶴是世界瀕危物種，很稀有，我們進行人工孵化丹頂鶴的試驗，是在幫助牠們繁衍。」

「不行，我們不能偷襲鶴巢。」娟草的口氣很堅決。

爸爸勸說道：「我們拿走鶴蛋，牠們很快又會生下鶴蛋。」

娟草依舊不答應：「不行。假如沒有再生，牠們要傷心一個夏天、一個秋天、一個冬天，直到來年的春天。」

爸爸不吭聲了，依舊和娟草繼續在蘆葦叢裏尋找。

忽然，一隻蒼鷹橫穿天空，一個斜衝，落在蘆葦裏。隨即，丹頂鶴的白色身影飛出蘆葦叢，發出一連串大聲鳴叫，並用雙翅猛烈撲打着蒼鷹。蒼鷹飛騰起來，丹頂鶴追了過去，蒼鷹迅速衝到高處，接着俯衝下來，像利箭一樣直插丹頂鶴的翅膀。瞬間，丹頂鶴的羽毛如同白色的花瓣，飄散在藍藍的天空裏。受傷的丹頂鶴驚慌失措，飛到遠處，蒼鷹一頭扎向了鶴巢。

「蒼鷹偷襲鶴蛋了，爸爸，快追打。」娟草的叫聲剛落，爸爸已經舉起手裏的竹篙使勁撲向那片蘆葦叢，蒼鷹的嘴剛啄到浮巢裏的鶴蛋，突然被竹篙擊中，撲騰着翅膀倉皇而逃。

娟草和爸爸走進那片蘆葦叢，看到黃燦燦的浮巢上有兩隻鶴

蛋，伸手一摸，熱乎乎的。娟草小心翼翼地捧起兩隻鶴蛋焐到懷裏，爸爸撐着船往鶴場趕。

回到鶴場，他們忙不迭地把兩隻野生的鶴蛋放進了孵化箱裏。

第二天，省動物研究所的專家來鶴場做指導，又帶來了四隻鶴蛋，一同放在了孵化箱裏。

專家悉心指導爸爸和鶴場的叔叔們怎樣孵化丹頂鶴，娟草待在一邊豎着耳朵偷偷聽，專注的眼神引起了專家的注意。

專家問娟草：「你喜歡丹頂鶴嗎？」

娟草回答：「喜歡。我長大了跟爸爸一起養鶴。」

爸爸對專家説：「娟草和丹頂鶴有緣。那年，我撿回一隻剛出生幾天的鶴娃，帶回家給娟草餵養。鶴娃病得只剩下一口氣，娟草硬是把牠救了回來。」

鶴場的叔叔也誇讚起了娟草：「別看她小，馴鶴可有經驗了。鶴場裏的丹頂鶴黑水晶，脾氣可大了，見誰就啄，我們都不敢靠近牠。可牠就是愛聽娟草的話，娟草跳舞，牠跟着跳舞；娟草唱歌，牠跟着和聲；娟草讓牠飛牠就飛，讓牠停牠就停。」

專家朝娟草豎起大拇指：「不簡單。可養鶴是一門科學，等你長大了，叔叔推薦你去林業大學讀書，掌握更多的知識。」

「我不想離家，我就留在鶴場，天天看着丹頂鶴。」

「行。」專家呵呵笑了，對娟草説，「這是扎龍濕地第一次人工孵化丹頂鶴，需要細心照料，一刻不能疏忽，你是個細心又有靈氣的女孩，一定會照料好的。」

娟草點點頭，看着孵化箱裏的六隻鶴蛋，心裏有了美好的憧憬。

## 2

　　爸爸和鶴場的叔叔們既要照顧孵化箱裏的鶴蛋，又要忙着打掃鶴舍，放鶴，圈鶴。只有娟草除了上學，其他時間都寸步不離地守在孵化箱前，細心觀察六隻鶴蛋。

　　鶴蛋都是橢圓形的，一頭尖，一頭鈍，鈍頭有鏽褐色的斑和紫灰色的斑，尖頭的斑點稀，顏色淡。兩隻灰白色的鶴蛋，是娟草和爸爸從野外鶴巢裏拿來的。四隻灰褐色的鶴蛋，是省動物研究所的專家帶來的。

　　娟草的眼裏盡是這六隻鶴蛋了，即使離開孵化箱，眼前也總是浮現着六隻橢圓形的鶴蛋。娟草按照鶴蛋上的斑點稀疏、顏色深淺，蛋的長短輕重，畫下了六隻不同的鶴蛋。

　　一個月後的黃昏，一隻灰白色的蛋殼裏傳出一聲「篤」的聲響，那聲音很輕，很細小，如同一根火柴掉在地上。娟草聽到了這微弱的胎鳴聲，連忙跑出屋呼喊：「爸爸，我聽到鶴蛋裏的聲音了，小鶴要出殼了，小鶴要出殼了！」

　　爸爸匆匆趕來，豎起耳朵凝聽。許久，許久，又傳來一聲「篤」，聲音依舊很輕微，但爸爸聽到了，露出一臉的喜悅。

　　小鶴要出殼了，娟草一步不敢挪動。

　　時隔不久，其餘的五隻鶴蛋相繼發出了最初的一聲「篤」。娟草全部捕捉到了，她細心記錄下每隻鶴蛋發出最初一聲胎鳴的時間。

「篤篤篤！」小鶴啄蛋殼的聲音漸漸大了起來，響了一夜。一隻灰褐色的鶴蛋鈍端出現了一個小洞，洞越來越大，蛋殼「咔蹦」裂開，幼鶴伸出了頭、頸和翅膀。可能是啄蛋殼的時間太久，累了，沒了力氣，小鶴出來後竟然一動不動。娟草的心懸到了嗓子眼，很不安地問爸爸：「幼鶴怎麼啦？」

爸爸擺擺手：「應該沒事，再耐心等等。」

等了幾分鐘，幼鶴又動了，身子和腿兒慢慢離開了破裂的蛋殼，一隻黃茸茸的幼鶴從蛋殼裏滾了出來，幼鶴用力睜開了圓溜溜、黑漆漆的眼睛。

一隻幼鶴誕生了，這預示着在扎龍濕地進行人工孵化丹頂鶴的試驗成功了。

娟草詳細記下了這隻幼鶴出殼時的情形，工工整整地畫下幼鶴出殼時的各種情形，並用文字描述了幼鶴出殼時的腿、腳、嘴、身子和翅膀的顏色，以及特殊的標記，就連幼鶴左眼角的一粒眼屎，娟草都記錄了下來。爸爸看着娟草畫出的一幅幅圖畫、記錄下的文字，誇娟草是個小專家。

驚喜一個接一個，一隻隻幼鶴破殼而出。娟草忙着用圖畫和文字記錄下每一隻幼鶴誕生時的情景，尋找牠們擁有的特殊標記，以區分這羣幼鶴。娟草按照牠們出殼的時間，叫牠們老大、老二、老三、老四、老五，可是老六這隻幼鶴還沒有走出來。

牠是一隻灰白色的鶴蛋，是娟草和爸爸從野外的鶴巢裏拿回來的。娟草清楚地記得牠的胎鳴聲，牠是第一個敲殼的，可是這隻幼鶴就是遲遲不出來，原本該做老大的卻變成了老六。

娟草有些擔憂，怕幼鶴老六使完了力氣，無法把硬硬的蛋殼啄開。娟草急了，對着鶴蛋不停地模擬鶴鳴聲，喚醒牠出來。爸爸說：「別急，我們再等等，相信牠一定會出來的。」

　　又等來了一個清晨。

　　太陽出來了，大把大把的陽光灑在濕地上，無數的鳥在陽光裏穿梭，鳥鳴聲不絕於耳。可孵化箱裏的老六突然沒了聲音。娟草驚慌得喊起來：「小鶴沒有聲音了，已經悶死在蛋殼裏了。」

　　聽到娟草的喊聲，爸爸趕忙走過來，把耳朵貼到灰白色的鶴蛋上，細細傾聽，沒有聽到一絲聲音。爸爸心裏滿是不安，但故作輕鬆，寬慰着娟草：「小鶴累了，牠想歇歇，喘口氣嘛。」

　　娟草不信地搖搖頭：「不。小鶴一定是耗盡了力氣，我必須現在就把這隻鶴蛋敲裂，要不，就來不及救出裏面的幼鶴了。」

　　爸爸歎息着：「唉，該牠來到世間，牠就會來到世間。不該牠來，你即使敲碎蛋殼，也救不活這隻幼鶴。」

　　就在娟草和爸爸失去希望時，「篤」的一聲，幼鶴又開始敲蛋殼了。娟草興奮得大叫起來：「幼鶴活着，幼鶴還活着。」爸爸笑嗔說：「你這麼一驚一乍，鶴蛋中的小鶴都嚇得不敢出來了。」

　　不知道是老六天生力氣小，還是鶴蛋的殼太厚，牠敲了又敲，就是敲不開蛋殼。太陽在幼鶴有氣無力的「篤篤」聲中滑到了西邊，天空燃起一大片火紅的霞光。老六依舊沒有出殼的跡象，敲蛋殼的聲音越來越細小，最終徹底斷了。娟草當下決定把蛋砸開。就在這時，「咔蹦」一聲，蛋殼裂開了，幼鶴露出了頭，露出了頸，露出了翅膀，接着又是「咔蹦」一聲，幼鶴掙脫了蛋殼，像一團毛茸茸

的球，骨碌碌滾了出來，睜開了兩粒黑珍珠的眼睛，神氣無比，就是身子比其他幼鶴瘦小。

「你可把我們嚇壞了。」娟草説着深深地舒了一口氣，她沒有喚牠「老六」，而是喚牠「小小鶴」。

六隻幼鶴都孵化成功了，鶴場上下一片歡騰。而日夜守候在孵化箱旁的娟草耗盡了力氣，睏得躺在孵化箱旁的小牀上悄悄睡着了。她睡得很香很沉，一口氣睡了十幾個小時。醒來時，見爸爸守候在牀邊，她嘀咕着：「我睡了多長時間？」爸爸心疼地説：「已經睡了快一天了，你一直守着幼鶴出殼，太累了，你該好好睡覺、上學去，爸爸和叔叔們會細心照料好這羣幼鶴的。」

「我想和你們一起照顧幼鶴，我會把落下的課給補上的。」

爸爸點點頭：「實踐也是一本書，你長大後一定會成為一個出色的牧鶴人。」

## 3

　　幼鶴出生後便進入危險期，一點不能疏忽。孵化箱裏的温度要適宜，高了，幼鶴不宜生長；低了，幼鶴會着涼生病，甚至夭折。娟草守在孵化箱前，幾乎不敢挪步。

　　六隻幼鶴，除了小小鶴比較瘦小之外，其他五隻，乍看上去一模一樣，但娟草按牠們身上細微的特徵，辨認得清清楚楚。小小鶴膽小，其他幼鶴擠牠時，嚇得不停地「嘰嘰」叫。娟草對其他幼鶴説：「你們要一起長大，不准誰欺負誰，尤其要照顧小小鶴。」

　　幼鶴一天天長大，牠們被領出了孵化箱。娟草模擬着鶴鳴聲，帶着牠們在屋裏行走、蹦跳。六隻幼鶴緊緊跟隨着。

　　娟草將六隻幼鶴帶出屋子，來到門前的一灣水灘前。

　　水灘清澈透明，灘上灘下都長着綠綠的青草，不遠處有一簇簇蘆葦，夾雜着菖蒲和蒿草。幼鶴走進淺水裏，啄起水裏的浮蟲、螺蜥、小魚、小蝦、嫩草和蘆葦根。坐在河灘上的娟草，看着這六隻幼鶴，開心得唱起了自己編的歌謠：

　　一趟幼鶴排成行，
　　老大羽毛有點黃，
　　老二腿兒特別長，
　　老三鳴叫最悠揚，

老四嘴角有窪塘，

老五走路很匆忙，

小小鶴站一旁，

看着大家捕魚忙。

娟草的歌聲猶如被河灘裏的水洗過，乾淨透明，十分動聽，招來了兩隻丹頂鶴，牠們好似聽了優美的歌聲，從蘆葦叢裏走出來，慢悠悠地走到河灘邊，站立在對岸凝望着娟草和六隻幼鶴。

這六隻人工孵化出的幼鶴看到兩隻丹頂鶴，發出「嘰嘰」「咕咕」一片叫聲。對岸的丹頂鶴伸長脖子叼起水中的小魚，向牠們走來，幼鶴們也緩緩地向丹頂鶴走去。

忽然，身後傳來「汪汪」的狗叫聲。娟草轉頭看去，幾隻野狗在蘆葦邊嚎叫着，兩隻丹頂鶴一驚，騰空而起，野狗被空中的丹頂鶴驚擾了，不停地對着空中狂叫。娟草緊張起來，怕野狗傷了幼鶴，趕緊把六隻幼鶴帶回鶴場。可野狗已經嗅到了幼鶴的氣味，緊隨其後，來到鶴場門前。

爸爸抓起一把鐵叉衝了出來，向對岸的野狗發出警告：「你們敢進鶴場，我會用鐵叉叉死你們。」

「汪汪！」「汪汪！」「汪汪！」野狗們一路嚎叫着跑了。

野狗雖說離開了，但娟草的心裏很不踏實，總覺得這羣野狗還會襲擊幼鶴。她小心翼翼地守護着幼鶴，只要帶牠們出門，總要帶上一根棍子，先在水灘邊四處搜尋一番，用棍子撲打一通，才敢帶幼鶴下水。

一天，娟草發現水灘不遠處的蘆葦叢裏躲藏着一隻野狗，頭露在蘆葦外窺視着幼鶴。她舉起棍子向那片蘆葦叢砸去，野狗一驚，「汪汪」叫幾聲跑了。

　　娟草整日提防着野狗對幼鶴的襲擊，疏忽了對幼鶴們的照看，直到小小鶴拉肚子，娟草才發現小小鶴出生以後幾乎沒見長大，心裏很是愧疚，她立馬把心思拉回小小鶴的身上。

　　爸爸擔心小小鶴惹上了甚麼病，怕傳染給其他幼鶴，決定把小小鶴分隔出來，由娟草單獨照看牠。

　　小小鶴膽小，很是不安，「咕咕」直叫。

　　娟草安撫着小小鶴：「別怕，我曾經餵養過鶴娃，那年，鶴娃病得只剩下一口氣了，我也把牠救活了。我也一定會把你照看好的。」

　　娟草給小小鶴餵藥，小小鶴依舊拉肚子。小小鶴生來瘦小，經不住折磨，很快就沒了力氣，渾身哆嗦，樣子很是可憐。

　　「幼鶴很容易夭折。」爸爸歎息了一聲。

　　娟草不死心，抱起小小鶴跑出了鶴場，一口氣跑了幾里路，跑進村衛生所去求獸醫救救小小鶴。獸醫叔叔一眼就認定小小鶴已經無藥可救，但看到娟草眼睛裏的期盼，不忍心地説：「你回家給小小鶴喝些魚肝油，也許能救活牠。」

　　娟草抱着小小鶴，踩着一路的夕陽飛快回家，把魚肝油一滴一滴擠到小小鶴的嘴裏。可是沒有用，到了夜幕降臨時，小小鶴撐不住了，倒了下來，可憐巴巴地看着娟草。

　　娟草守着奄奄一息的小小鶴，守了整整一夜。

　　天亮了，小小鶴的喉嚨被甚麼東西堵塞住了，呼吸十分困難。

娟草用力掰開小小鶴的嘴，見裏面滿是血，娟草正準備想辦法把血吸出來。這時，小小鶴拼命掙扎着，竟然站了起來。

「小小鶴站起來了。」娟草驚訝萬分。可小小鶴僅僅站了一會兒，兩條腿一蹬，再次倒下，眼裏的光熄滅了。

「小小鶴——」「小小鶴——」娟草呼喊着小小鶴，拎起牠的雙腿來回抖動，希望牠能活過來。可小小鶴走了，永遠地走了。

窗外的陽光帶着一股清新的味道，這原本是一個美好的早晨，可小小鶴就在這個美好的早晨走了。娟草的心都要碎了，一遍遍地撫摸着小小鶴冰涼的身子，幫牠梳理好黃褐色的絨毛。想到小小鶴用盡力氣才啄開蛋殼，來到這個人世間，僅僅活了半個月，就這麼可憐地走了。

娟草的淚水簌簌而下。

爸爸歎息着：「也許這隻小小鶴就不該來到這個世界，牠硬是從蛋殼裏掙脫出來，難免脆弱，最終還是夭折了。」

娟草搖搖頭說：「不是小小鶴脆弱，是我沒有照料好小小鶴。」

爸爸一把摟過娟草安慰着：「我們都別自責了，還是讓小小鶴早點回歸大自然吧。」

娟草抱起小小鶴，走出了鶴場，來到一片茂密的蘆葦前，娟草依依不捨地把小小鶴放進蘆葦叢，茂密的蘆葦一下子就把小小鶴瘦小的身子給遮住了，遮得嚴嚴實實。

小小鶴的夭折對娟草打擊很大，她想到專家叔叔的話：「養鶴是一門科學，等你長大了，去林業大學讀書。」娟草決心要出門讀大學，回來專給丹頂鶴看病，讓每一隻幼鶴都能平安長大。

娟草心中有了夢想，等到幼鶴走出危險期，娟草放學就不去鶴場，直接回家用心讀書，常常讀到深夜，累得頭一挨枕就沉入夢境。

　　一天夜裏，娟草夢到一片樹林，根根大樹排列整齊，直戳藍天。一羣白色的鳥在樹林間穿梭着，翻飛着，那是野生丹頂鶴嗎？不像，身子顯得有點小。難道牠們是鶴場裏剛剛長大的幼鶴？娟草站在樹林邊琢磨着，仰頭數着：一隻，兩隻，三隻，四隻……數出了六隻。這下，她很肯定這羣白色的鳥就是鶴場裏長大的六隻幼鶴。可轉而一想，小小鶴不是已經走了嗎？難道是小小鶴變成了鶴仙子，又飛回來了，和其他五隻幼鶴一起飛在綠樹林裏嗎？娟草對着鶴羣大聲呼喊：「小小鶴，小小鶴。」

　　林子裏的六隻小鳥在娟草的呼喊聲中，瞬間變成一隻隻大鳥。這下，娟草看得清清楚楚，牠們是一羣丹頂鶴。

　　六隻丹頂鶴橫着一排，低飛在綠樹林裏，飛得慢慢悠悠，展開的翅膀與綠樹枝碰碰擦擦。娟草擔心樹枝碰傷牠們的翅膀，對着樹林大聲喊：「當心，你們快往上飛，飛出樹林，飛向天空。」丹頂鶴沒有朝上飛，依舊穿梭在大樹間，白色的身姿點綴着綠色的樹木，真是美極了。

　　娟草醒了，看到窗外的一縷晨光，確定自己剛剛是在做夢。但她的心中無比欣慰，小小鶴已經變成林間的鶴仙子了。

　　娟草對着晨曦露出一臉燦爛的笑容。

# 第五章

—— 野狗

## 1

　　早晨，爸爸給娟草燒好早飯，就去了鶴場。娟草起牀，獨自吃過早飯，背着書包去鶴村小學上學。

　　鶴場在娟草家和鶴村小學之間，每天上學，娟草都要多走半里路，拐到鶴場看一眼幼鶴。為了保證上學不遲到，娟草必須提前出發。不過這樣，她就不能和鶴村的孩子一同上學了。

　　娟草獨自一路匆匆，剛走進鶴場，黑水晶「嘎哇」一聲叫起來，接着其他鶴跟着叫，隨後，五隻幼鶴看到娟草，也跟着「嘎嘎」叫。

　　打掃鶴舍的爸爸不用抬頭，就知道娟草來了。娟草走到爸爸身邊，很神祕地説：「我夢到小小鶴變成鶴仙子了。」

　　「真好！」爸爸抬頭看着娟草，他們會心一笑。

　　接着，娟草和黑水晶匆匆招呼一聲，又匆匆看了一眼五隻幼鶴，就匆匆離開了鶴場往學校走。走在半路上，聽到野狗的狂吠聲，娟草不禁一陣發慌，生怕驚動了野狗，走得輕手輕腳。

　　近來，不知從哪裏流浪來了一羣野狗，東吠一聲，西吠一聲。這片濕地密佈着蘆葦、河流、草地和沼澤，人煙稀少，根本不是野狗的樂園。野狗在這裏難以尋找食物，餓得發慌，時常對着天空的飛鳥一跳而起，企圖一口咬住天空中的一隻隻鳥兒。可鳥兒一閃而過，氣得野狗一陣狂吠。大多時候，野狗守在淺淺的岸邊。等魚

游到河岸，野狗迅疾撲上去，可魚一游而過，牠們常常沒有吃到魚蝦，自己倒「撲通」掉進水裏，不僅渾身濕透，還嗆得半死，忙不迭地往河岸爬。平日裏，娟草對這羣餓瘋了的野狗倒有幾分憐憫，可自從幾隻野狗尾隨她來到鶴場嚎叫，娟草恨不能即刻趕跑牠們。

娟草正琢磨着怎麼趕跑這羣流浪的野狗，冷不防，一隻野狗從路邊蘆葦裏猛然竄出，直竄到娟草面前，兇巴巴地要撲到娟草的身上。娟草當即一身冷汗，停住腳步，瞪視着野狗。野狗齜牙咧嘴，嗓子裏發出兇狠的嗚嗚聲。娟草蹲下身，迅疾抓起路邊一塊泥。野狗對着娟草狂吠，身子卻閃進了蘆葦叢。娟草趁機撒腿飛跑，野狗掉頭衝出蘆葦叢直追而上。娟草停住腳，舉起手中的泥塊，野狗發瘋似的，一會兒朝前，一會兒向後，眼睛通紅，恨不能一口吃下娟草。娟草沒了退路，將手中的泥塊用力向野狗砸去，野狗被砸中，變得更加瘋狂，向娟草猛撲過來，娟草嚇得一聲尖叫。就在這時，一個男孩從後面猛衝上來，舉起書包向野狗狠狠砸去，嘴裏大聲吼着：「砸死你，砸死你這條野狗！」

野狗被砸得嗷嗷直叫，竄入路邊的蘆葦叢裏。

娟草定神一看，原來是大桐。

大桐撿起書包，拉起娟草飛跑，一口氣跑到學校。他倆坐在課桌前直喘氣，同學們問他們：「跑這麼急幹嗎？」

大桐説：「今天好危險，野狗撲向娟草，幸好我走在後面，聽到娟草的尖叫聲，衝上去拿書包砸跑了野狗。」

同學們一聽，都圍了過來，紛紛嚷着：「這羣野狗太猖狂了。」

原來大多數同學都碰到過野狗，對野狗恨得牙癢癢。雖説娟草

被野狗嚇得半死，但仍然不忍心傷害野狗。她對同學們説：「這羣野狗也挺可憐的，餓瘋了，我們還是想辦法把牠們攆走吧。」

同學們議論開了：「怎麼攆？這兒蘆葦一片片，牠們到處亂竄。」

到底怎麼攆走這羣野狗？沒等同學們商量出辦法，上課鈴響了。校長老師走進了教室。同學們閉上嘴，看似豎起耳朵聽校長老師講課，但心裏都在盤算着怎麼攆走這羣流浪的野狗。

課上了一半，窗外傳來一陣「汪汪」的狗吠聲，大桐叫了起來：「野狗到學校來了。」

同學們一齊朝着窗外看去，看到一羣野狗站在學校門前的路上，紛紛叫嚷起來：「野狗來了！」「野狗來了！」

校長老師對同學們説：「別慌，都待在教室裏不要出去。最近這羣野狗真夠猖狂的，你們走在上學放學的路上，一定要多加當心。希望家住一起的同學結伴而行，上學最好帶根棍子在手裏，預防不測。」

大桐插嘴：「校長老師，今天早上我用書包砸跑了野狗，要不，娟草就被野狗傷着了。」

娟草問校長老師：「我們怎麼把這羣野狗攆出去？」

校長老師説：「看這情形，需要鶴村的大人們一起行動起來，組成一個打狗隊，才能把這羣流浪的野狗攆出去。」

這羣野狗繞着學校轉了一圈，狂吠了一陣，走了。放學後，娟草要獨自去鶴場，不禁有些膽怯起來。大桐很仗義地對娟草説：「我陪你去鶴場。」

一路上他們沒有碰到野狗。

到了鶴場，黑水晶「嘎嘎」兩聲，撐開翅膀衝着大桐撲過來，嚇得大桐一閃身，躲到娟草的身後，詫異地問娟草：「難道黑水晶記恨我抽打牠？」

「誰讓你那天用蘆葦抽打牠，黑水晶可愛記仇了。」娟草攔住黑水晶，「別撲打他了，他今天是陪我來鶴場看你的。」

黑水晶收起了雙翅。

這時，大桐膽大起來，搖搖頭説：「我不相信黑水晶能記住我。」

娟草不依不饒地説：「那就是黑水晶太機靈了，牠能一眼看出你不是好人，才對你這麼兇，要撲打你。」

大桐指責娟草：「你這就沒有良心了，今天，是我護送你回鶴場的。」

爸爸聽着兩個孩子的對話，笑問娟草：「怎麼要大桐陪着回鶴場啊？」

娟草告訴爸爸：「今天上學的路上，有野狗朝我撲來，是大桐把野狗打跑了。後來，又有一羣野狗跑到我們學校去了。」

爸爸擔憂地説：「這羣野狗真是太猖狂，看樣子得想辦法趕走牠們。」

# 2

爸爸沒有回家，留在鶴場值班。

夜裏，爸爸聽到黑水晶憤怒的鳴叫聲，立即起身，抓起身邊的手電筒衝出屋，一束光照向鶴舍，一隻野狗飛快閃避過燈光，逃跑了。

野狗襲擊了鶴舍。

爸爸直奔鶴舍，見一隻幼鶴躺在血泊裏。

爸爸抱起血泊裏的幼鶴，牠已經死了。翅膀、腿、頭頸都留着野狗咬過的牙印。其他幼鶴徹底嚇壞了，縮在一起驚恐地鳴叫着。

明天娟草知道幼鶴被野狗咬死，該有多傷心啊。爸爸實在不想娟草看到眼前悲慘的情景，當夜就把幼鶴埋在這片濕地裏，把鶴舍裏的血跡洗得乾乾淨淨。

翌日早晨，娟草和往日一樣，提前從家裏出發上學，一路匆匆，先拐彎來到鶴場看丹頂鶴。娟草剛走進鶴場，爸爸一臉凝重地說：「昨晚走丟了一隻幼鶴。」

娟草一頭衝到幼鶴身邊，一眼就發現幼鶴老四沒了，娟草立馬聞到異樣的氣息，搖搖頭說：「老四不會走丟的，是不是野狗叼走我的幼鶴老四？」

爸爸很惋惜地說：「是的。昨晚野狗悄悄襲擊了鶴舍，幸好黑水晶機靈，憤怒地鳴叫。要不，遭殃的就不止幼鶴老四了。」

娟草走到黑水晶身邊，把臉貼在黑水晶的背上，眼淚「吧嗒」

落了下來。爸爸撫摸着娟草的頭，愧疚地說：「我們還有四隻幼鶴，爸爸和鶴場的叔叔們一定會嚴加保護鶴場裏的丹頂鶴，絕對不讓幼鶴再有閃失了。你放心去上學吧。」

娟草很傷心地離開了鶴場，一到學校，就把這個不幸的消息告訴同學們：「昨天夜裏野狗咬死了一隻幼鶴。」

大桐焦急起來：「野狗不會死心，牠們還會來襲擊鶴場的。」繼而憤憤地說：「我們趕快趕走這羣野狗。」

同學們都憤憤不平起來，發狠要把野狗統統趕走。

放學後，娟草沒有回家，直接來到鶴場守護幼鶴。晚上，她也堅持要留下陪着爸爸在鶴場值夜班。

天黑了，爸爸在鶴場門前燃起一團篝火，照亮一間間鶴舍，便於察看。

半夜，忽聽黑水晶「嘎嘎」兩聲，聲音很憤怒。娟草立馬警覺起來，放眼看去，看到篝火前圍着一羣野狗，幾乎圍成一個圓，繞着篝火打轉。

爸爸拿起一把大鐵鍬，對着個頭最大、樣子最兇蠻的野狗憤怒地扔過去。野狗暴跳如雷，一陣狂吠。娟草不給野狗喘息的機會，拿起石塊砸過去，一塊接着一塊，石塊像雨點一樣密集，砸得野狗們倉皇而逃。

野狗深夜再次闖入鶴場，引起全鶴場人的憤怒和不安。

爸爸對大家說：「鶴場裏的鶴，我們可以保護，野生丹頂鶴怎麼辦？眼下，牠們飛在天空，野狗不容易傷害到。但過些日子，丹頂鶴要換羽毛，將失去飛行能力。那時，這羣野狗攻擊牠們就很容

易了。我們必須在丹頂鶴換羽毛之前，把流浪在濕地上的野狗徹底趕走。要不，野生丹頂鶴一定要遭大難的。」

爸爸説出這個可怕的現實，鶴場的叔叔們都擔心起來，開始商討怎樣攆走這羣野狗。爸爸説：「看樣子到了必須獵殺這羣野狗的時候了。」

大家一致同意爸爸的主張，獵殺野狗。

爸爸回家準備着打狗的工具。娟草從外面回來，看到爸爸手裏拿着一根粗棍，問爸爸幹嗎。爸爸告訴娟草：「爸爸準備組織大家獵殺野狗了。」

「噢，這羣野狗實在太猖狂了。往年偶爾有野狗流浪到這兒，今年，怎麼這麼多的野狗，這樣下去，真挺可怕的。」娟草自言自語着。

夜幕降臨，鶴村二十幾戶人家，家家點燈，近看，燈火通明，遠看，燈火顯得很是微弱，猶如二十幾個亮點閃爍在茫茫濕地上。

野狗尋着這點點燈光，瞪着眼睛，搖着尾巴，氣勢洶洶地從四面八方圍過來，直接闖進了鶴村，牠們發出呼哧呼哧的喘氣聲。

娟草以為是風聲，站在門口一看，見一羣野狗闖進了鶴村，她驚叫起來：「野狗來了！」

隨後，村裏人嚷開了：「野狗來了！」「野狗來了！」

野狗很是瘋狂，在各家房前屋後亂轉，十幾雙眼睛在夜色中發出兇狠的綠光，令人不寒而慄。牠們肆無忌憚地偷吃各家屋簷下晾曬的鹹雞鹹鴨、醃製的魚乾，就連家家門前泔水盆裏的食物，都被一搶而空。起初，大家被這羣野狗的囂張氣焰嚇住了，愣愣地看

着。等緩過神，爸爸拿起木棍衝出門外，朝着野狗丟了過去。

野狗一陣「嗷嗷」亂叫，夾着尾巴倉皇逃離了鶴村。

鶴村又恢復了寧靜，可恐懼留在了鶴村人的心裏。

第二天一早，當娟草走出家門時，鶴村已經站滿了手持工具的男人。爸爸走進人羣，大家一起朝着遠處的蘆葦蕩走去。

大桐和幾個孩子自願陪同娟草一起去鶴場守護丹頂鶴。

鶴場的叔叔們見一羣孩子來到鶴場，放心了，他們向西邊的蘆葦蕩走去，一同去獵殺野狗。

狗吠聲響在蘆蕩深處，風大，把牠們的吠聲一路傳了過來。娟草和孩子們站在鶴場的門口，聽得清清楚楚。

狗吠聲越來越大，忽然停息。稍息片刻，又狂叫起來，叫得格外瘋狂。爸爸、鶴場的叔叔和村裏人循着這羣野狗的吠聲走進了蘆蕩深處。不久，大人們的怒吼聲響徹蘆蕩，野狗的狂吠一浪高過一浪，繼而漸漸平息了。

看樣子野狗被攆走了，孩子們高興得手舞足蹈。娟草情不自禁地唱起歌，其他孩子也跟着唱起來。

「咕——咕——咕——」黑水晶鳴叫了起來，叫聲十分愉悦。隨後，丹頂鶴們紛紛鳴叫着：「嘎哇——嘎哇——」「咕哇哧——咕哇哧——」「嘎——咕——」

鳴叫聲此起彼伏，猶如給孩子們的歌聲伴唱，鶴場一片熱鬧。

# 3

野狗被趕跑，娟草放心了。

星期天的早晨，娟草把四隻幼鶴帶到一片草甸前。

草甸是湖面上的一座島，漂浮在水面上，是由密密麻麻的水草交錯在一起，堆積而成。春去秋來，四季輪換，舊草腐爛堆在河底，新草長在腐爛的草根上。日復一日，年復一年，舊草和新草積成了整片的草甸，浮在水面，猶如一座島，人們管它叫「草島」。

娟草帶着四隻幼鶴爬上了草島。

草島軟綿綿的，猶如一艘海綿船。娟草蹲下身，用雙手做槳划着這艘「海綿船」。「海綿船」在水面上慢慢地漂，幼鶴們「嘎嘎」地叫。

忽聽天邊傳來鶴鳴聲，娟草抬頭仰望，看到一對白色的身影劃過藍天。牠們在空中盤旋着，然後悠悠落下。一隻鶴高大，一隻鶴嬌小，牠倆一同佇立在河岸淺水裏，對望着。不一會兒，大鶴一飛而起，低旋在清澈的水面，看到河裏有魚，便輕輕落下，長長的喙插到水裏。

大鶴啄起一條魚，飛到小鶴身邊，把魚塞到小鶴的嘴裏。小鶴一口叼住小魚吞下，接着把喙插到水裏洗乾淨，隨即展開了雙翅，躍到空中。大鶴落在河邊，收起雙翅，靜靜站立，仰首觀看空中的小鶴。

小鶴在空中翩翩起舞，然後朝着大鶴落下，一隻腳輕盈地落在大鶴的尖嘴上，雙翅平展，靜立空中，風姿萬分優雅。

娟草被眼前的這對丹頂鶴迷住了。

一隻野狗忽然從河岸的蘆葦裏竄出來，撲向大鶴。大鶴正痴迷地看着小鶴，一點沒察覺。而飄在空中的小鶴一眼看到了野狗，飛速落下，遮住了大鶴，野狗一口咬住了小鶴的腿。大鶴掉頭看到野狗，用尖嘴兇猛地戳向野狗的眼睛，野狗倉皇而逃，一路嚎叫。

受驚的大鶴和小鶴雙雙飛到空中。娟草也趕忙把草島划到河岸邊。

娟草看到空中的小鶴飛得很低，大鶴忽高忽低，圍繞在小鶴的身邊，不停地鳴叫：「嘎──哇──」「嘎──哇──」

小鶴盡力飛着，可實在力不從心，直往下滑落。小鶴的腿在滴血，一滴一滴往下落，可牠依舊硬撐着滑行，最終從空中「啪」地摔下。

大鶴迅疾落在了小鶴身邊，不停地低下頭，用長長的喙撫摸着受傷的小鶴，悲痛欲絕地鳴叫着：「嘎──哇──」

娟草飛快地跑過去，見小鶴腿上的血直往外湧，忙拿出手帕給小鶴包紮。

大鶴焦急地繞着娟草打轉轉，娟草寬慰大鶴：「別害怕，我一定會救回你心愛的小鶴，讓牠和你一起飛。現在，我必須帶牠回鶴場治療，你和我們一起走。」

娟草抱起小鶴，逕直往鶴場走。大鶴似乎聽懂了娟草的話，一躍而起，飛上了藍天，盤旋在娟草的頭頂，緊緊跟隨着。

爸爸看到小鶴腿上的血直往外湧，問娟草從哪兒撿來的鶴，牠是怎麼受傷的。娟草説：「這隻小鶴是被藏在蘆葦裏的一隻野狗給咬了，不能飛了，從空中摔落下來的。」

「看來野狗並沒有被驅趕乾淨。」爸爸説着抓起棍子，氣沖沖地去追趕那隻野狗了，留下娟草給受傷的小鶴消毒、塗藥、拿紗布包裹傷口。娟草不停地鼓勵着小鶴：「堅持住，我相信你能行。我曾經救過一隻鶴娃。當年，牠病得只剩下一口氣了，我硬是把牠救活了。」

小鶴盯着娟草看，目光很是溫柔，嘴裏發出一連串的「咕嚕」聲，似乎想要告訴娟草甚麼。娟草覺得小鶴一定是不舒服，難道還有哪兒受了傷？細細查看，這才發現小鶴左腳板下有一個疙瘩，硬硬的，亮晶晶的，像一粒白珍珠嵌在那裏。

「鶴娃！你竟然是我的鶴娃！」娟草激動得把臉緊緊貼着鶴娃的羽毛，「這些年，娟草姐一直在找你，等你回來。」

鶴娃似乎聽懂了娟草的話，不再鳴叫，眼睛裏好似亮着一層淚水。

娟草心疼地對鶴娃説：「你一定要挺住，你是這世界上最勇敢的鶴娃了。當年，你挺過來了，這次，你一定還能挺過來，娟草姐相信你。」

娟草將包紮好的鶴娃放下，這才想起四隻幼鶴還留在草甸上，嚇得撒腿往草甸跑去。

四隻幼鶴擠成一團，看到娟草來了，不停地鳴叫着，好似訴説心中的委屈。娟草將牠們緊緊摟在懷裏，撫摸一番，帶着牠們向鶴場走去。

一時間，娟草救回鶴娃的消息，像長了翅膀似的傳開了。

大桐有些不信，與小夥伴一起來到鶴場。鶴娃好似認識這羣孩子，向他們發出友好的鳴叫聲。這下，大桐信了，激動得雙手擊掌，連連說：「真是鶴娃，真是鶴娃！」娟草也更加堅信這隻受傷的小鶴就是她的鶴娃。

鶴娃腿上的傷口不再流血，但牠疼得不能站立，必須留在鶴場養傷。大鶴不願離去，盤旋在鶴場的上空守候着鶴娃，但牠從來不吃娟草餵的魚蝦，不時飛離鶴場，去清澈的河水裏覓食，等吃飽了再飛回來，嘴裏總叼着一條小魚給鶴娃。

受傷的鶴娃能站立了，但走路一瘸一拐的。大鶴落在鶴娃身邊，陪着牠一路行走。

機靈的黑水晶嗅出鶴場來了兩位不速之客，牠不停地發出鳴叫，試圖要驅趕鶴娃和大鶴。娟草索性把受傷的鶴娃領到黑水晶面前，叮囑牠：「這是娟草姐曾經餵養大的鶴娃，娟草姐一直想念着牠，牠不幸被野狗咬傷了，但幸好被娟草姐看到救了回來。你是這個鶴場的主人，鶴娃和大鶴是我們鶴場的客人，主人應該善待客人，你要替娟草姐照顧好鶴娃。」

黑水晶對鶴娃果真友好了許多，但對大鶴依舊很警惕，趁娟草不注意，牠就張開翅膀追着攆着撲打大鶴。

大鶴慌慌張張騰空而起，飛上了天空，黑水晶隨即飛上天空，用翅膀使勁拍擊大鶴，堅決要把大鶴攆出鶴場。大鶴盡力躲讓，堅決守在鶴場的上空。鶴娃看到大鶴被黑水晶欺負，用力撲騰雙翅往天上飛，可腿疼得牠飛起又落下了。

娟草對着天空招手，大聲呼喊：「黑水晶快回來！黑水晶快回來！」

黑水晶不情不願地放棄追打大鶴，飛回娟草身邊。娟草指着空中的大鶴，告訴黑水晶：「牠是鶴娃的親人，鶴娃留在鶴場養傷，牠必須留在鶴場守護鶴娃，等到鶴娃腿上的傷好了，牠們會一起飛走的。」

黑水晶「嘎哇」幾聲，轉身走開了，走到不遠處的淺水灘上覓食了。

在娟草的精心照料下，鶴娃腿上的傷很快痊癒了。這次，娟草在鶴娃的腿上套上了紅色的腳環做記號，即使鶴娃飛在空中，娟草也能辨認出來。

翌日，大鶴帶着鶴娃飛了起來，娟草抬頭仰望牠倆的身影。牠倆繞着鶴場飛了一圈又一圈，鶴娃又獨自落下來，落在鶴場門前的小河邊。大鶴在空中焦急地鳴叫，呼喚鶴娃一起飛走。而鶴娃在河邊走過來，走過去，久久徘徊着，不願離去。

娟草來到河邊，撫摸着鶴娃説：「娟草姐不願你離開，但天空才是你真正的家。你該飛回去，飛回屬於你們的天空，那樣會過得自由幸福。飛吧，想飛多遠就飛多遠吧。」

鶴娃突然伸出尖尖的喙在娟草手上溫柔地啄了幾下，算是與娟草道別，接着騰空而起，與盤旋在空中的大鶴飛在了一起，飛過鶴場，漸漸遠去。

娟草目送鶴娃再次離她而去。這次，娟草沒有一絲擔憂，心裏裝着滿滿的祝福。

# 第六章

## —— 四隻幼鶴

　　鶴娃飛走了，四隻幼鶴又長得順順利利，娟草放心了許多，上學前，不再先匆匆趕去鶴場看幼鶴，而是隨同鶴村的孩子們一起上學了。

　　走進校園，娟草看到辦公室的走廊裏站着一個漂亮的女孩。她亭亭玉立，漆黑的頭髮高高挽起，盤在頭頂，露出頎長的脖子，一身白裙，一條鮮紅的絲巾搭在脖子上。

　　她是誰？同學們相互詢問着。

　　「她像一隻丹頂鶴。」娟草脫口而出。同學們細細品味娟草的話，跟着重複：「她像一隻丹頂鶴。」

　　「叫她仙鶴姐姐吧。」娟草隨口一說，同學們卻不約而同地喊起來：「仙鶴姐姐！」「仙鶴姐姐！」

　　同學們迅速走過去，想問問仙鶴姐姐是誰，從哪裏來，來鶴村小學幹甚麼。可走到辦公室門前，看到仙鶴姐姐，忽然間，一個個羞澀起來，反倒是加快腳步，一閃身從辦公室門前溜過，飛快跑進了教室。

　　等走進教室，一個個又從窗口伸出頭來朝辦公室張望着，看走廊裏的仙鶴姐姐。

　　一整天，同學們的心思都落在仙鶴姐姐的身上。

　　仙鶴姐姐穿梭在走廊、竹林、河邊，同學們的目光就追隨着仙

鶴姐姐的身影，飄在走廊、竹林、河邊。

放學前，仙鶴姐姐突然笑瞇瞇地走進了教室。

「哇！」同學們激動不已，大聲喊着，「仙鶴姐姐！」

仙鶴姐姐朝四處張望了一下，這才明白同學們喊的就是她。她朝同學們揮揮手：「謝謝同學們給我取這麼好聽的名字。」

大桐插嘴說：「娟草說你長得像一隻丹頂鶴，就叫你仙鶴姐姐了。」

「誰是娟草？我就是來找她的。」仙鶴姐姐問同學們。沒等同學們回答，娟草已經站起來了。

仙鶴姐姐對娟草說：「我聽說了你養鶴馴鶴的故事，放學後，我想和你一起去鶴場，行嗎？」

娟草點點頭。

仙鶴姐姐揮揮手，離開了教室。

娟草看着仙鶴姐姐的背影，嘀咕了一聲：「仙鶴姐姐。」同學們紛紛熱情地叫着：「仙鶴姐姐。」「仙鶴姐姐。」

仙鶴姐姐掉頭朝同學們笑笑，走出了同學們的視線。

放學後，仙鶴姐姐隨着娟草走出校園。同學們紛紛簇擁過來。仙鶴姐姐讓同學們介紹自己。大桐搶先說：「我叫大桐，大小的大，大桐樹的桐。」

娟草跟香香耳語：「明明是一棵小桐樹。」

大桐聽到了，指着娟草：「你這棵小小草。」

娟草即刻回應：「你這棵小小桐樹，小小小桐樹，小小小小……桐樹。」大桐同時說：「小小小……草。」兩個人一口氣說了長

長一串「小」，説得都喘不上氣來。

「真逗。」仙鶴姐姐哈哈大笑起來。

娟草和大桐不好意思拌嘴了，大桐撒腿跑了，同學們跟着跑，留下娟草帶着仙鶴姐姐去鶴場。

她倆剛進鶴場，黑水晶就邁着優雅的步子迎了過來，牠伸出長長的喙，一口叼下了仙鶴姐姐脖子上的紅絲巾。娟草很是尷尬，連忙跑過去搶紅絲巾。而黑水晶一躍而起，帶着紅絲巾飛上了天空。仙鶴姐姐愣住了，不知道黑水晶要幹嗎。娟草告訴仙鶴姐姐：「黑水晶見到紅色就會啄，可能牠以為是火。」

黑水晶飛到空中，張口鬆開了紅絲巾，仙鶴姐姐連忙伸手接住從藍藍的天上飄落的紅絲巾，然後一動不動地凝望着空中飛翔的黑水晶。

黑水晶時而如一支箭，躥到天邊，時而又慢悠悠懸浮在一處，上下震顫。娟草朝天空招手，黑水晶躥到娟草的頭頂，盤旋一圈後，雙腳輕輕點地，翅膀聳立，「嘎嘎」兩聲鳴叫。

娟草彎腰請黑水晶表演，黑水晶退後兩步，慢慢低下頭，修長的頸彎曲出優美的弧線，然後雙腳一躍，雙翅徐徐張開，飛起。然後慢慢收起雙翅，雙腳點地，一起一落，一張一合，自帶一種韻律。黑水晶時而高視闊步，時而疾走驚躍，自由自在，如風，如雲絮，如一團白霧。

仙鶴姐姐被黑水晶的絕美姿態震撼了，半天說不出話來。

仙鶴姐姐是鶴城藝術學院音樂舞蹈系的學生，今年畢業，她決定要在畢業典禮上表演舞蹈《鶴之靈》。仙鶴姐姐想把舞蹈跳得更

加有神韻，她要走進大自然去接觸丹頂鶴，細細揣摩牠們的神態和各種姿勢。於是，她選擇到扎龍濕地的鶴村小學做實習老師。

恰逢春季，是丹頂鶴在這片濕地上繁殖的時節。仙鶴姐姐行走在濕地上，時常能看到丹頂鶴的身影，聽到丹頂鶴的鳴叫聲。但野生丹頂鶴飛行在空中，優美地從仙鶴姐姐面前一飛而過，她看不清牠們各種優美的身姿。仙鶴姐姐還是喜歡隨娟草來鶴場，這樣，她可以近距離地細細觀看丹頂鶴的舉止、動作、神態，尤其是黑水晶給了她很多舞蹈靈感。

漸漸地，一個畫面定格在仙鶴姐姐的眼裏：一個牧鶴女孩和一羣丹頂鶴。

仙鶴姐姐問娟草：「黑水晶是你最好的丹頂鶴朋友嗎？」

娟草告訴仙鶴姐姐：「我最早的朋友是鶴娃。那年，爸爸從蘆葦叢裏撿回了出生沒幾天的鶴娃，我把牠餵養大。那年秋天，鶴娃飛走了。直到今年的春天，鶴娃被野狗咬傷，才又被我碰到。我把牠帶回鶴場療傷，認出了牠。傷好後，鶴娃又飛走了。」

「黑水晶起初不是我的朋友，牠對我很不友好，總是啄我。一次，牠被一個割蘆葦的黑漢子逮住，差點丟了性命，是我從黑漢子手裏救了牠。從此，黑水晶和我做了朋友，樂意聽我的指揮。」娟草指着腳邊的四隻幼鶴，「牠們也是我的朋友，牠們是聽着我的聲音從蛋殼裏出來的，都喜歡圍着我轉。其實，本來有六隻幼鶴，可惜的是小小鶴生病走了，幼鶴老四被野狗咬死了。我決定長大後到林業大學讀書，學更多的本領，回來更好地保護丹頂鶴。」

「仙鶴姐姐等你上大學的好消息。」

娟草點點頭。

　　不久，仙鶴姐姐告別鶴村小學，告別鶴場，告別娟草和孩子們，告別黑水晶，回城去了。娟草心裏空落落的。起初，娟草的眼前總是閃現着仙鶴姐姐美麗的身影。過了一些日子，娟草才把仙鶴姐姐放下，回到丹頂鶴中間。

## 2

盛開在春天裏的花朵，到了夏天，幾乎都凋謝了，結出了果實。這時節，水塘內外到處蹦跳着蟲兒。一團團黑蝌蚪變成了一隻隻綠青蛙，分散了開去，各自在蘆葦叢中訓練跳躍和唱歌。野鴨帶着一羣小鴨在河面戲水。大鳥帶着小鳥在空中練習飛行，尤其是丹頂鶴一家總是親熱地在一起，白亮得晃眼。親鶴忙着教小鶴展翅試飛，練就一身本領，因為到了秋天，親鶴就得帶着小鶴離開扎龍濕地，飛往鹽城濕地去越冬。

鶴場四隻人工孵化的幼鶴，秋天不需要遷徙，就留在扎龍濕地過冬，但娟草一樣急於讓牠們在初夏時節學會飛行。因為初夏是丹頂鶴學習飛行的最佳時機，到了盛夏，氣溫高，丹頂鶴會拒絕飛翔。

娟草看野生丹頂鶴都是親鶴帶着小鶴飛，這讓她想到了機靈的黑水晶，她要讓黑水晶做四隻幼鶴的親鶴，帶着牠們試飛。

早晨，娟草帶着黑水晶和四隻幼鶴一起來到鶴場門口的空地上。

娟草對黑水晶説：「四隻幼鶴要學飛行了，你先飛給牠們看看。」隨後，娟草雙臂托起，黑水晶展開了寬大如帆的雙翅，伸直脖子，一躍，就上了天空。牠的頭頸和腿伸得筆直，身體平鋪，猶如一艘浮在藍天裏的船，雙翅如槳，一上一下地顫動，在空中飛速滑行。

四隻幼鶴望着空中的黑水晶，一雙雙漆黑的眼睛裏充滿了渴

望。娟草對着幼鶴張開雙臂比畫着：「把翅膀撐開，不停地搧動着跑，總有一天，你們都能像黑水晶一樣飛上天。」

娟草一遍又一遍示範，幼鶴們終於明白了她的意思，紛紛張開翅膀，追在娟草身後跑，可一直飛不起來。娟草明白，牠們畢竟是人工孵化、人工餵養的丹頂鶴，得讓牠們慢慢適應野外環境，逐步野化。

每天上學，娟草又先來鶴場，撐開雙臂帶着四隻幼鶴練習飛行，同時讓黑水晶飛在天空引領，她追着撢着四隻幼鶴搧動翅膀跑。長腿老二跑得最快，翅膀搧動得最有力氣，娟草格外盯着長腿老二追，偏撢着牠往天上飛。只要長腿老二飛起來，其他鶴會跟着飛起來。可長腿老二天生膽怯，就是不敢振翅飛翔。娟草乾脆抱起長腿老二，微微斜着一個角度對着天空，然後，兩手一鬆，逼得長腿老二兩腿用力一蹬，果真迎着一縷朝霞展開了翅膀，飛上了藍天。

娟草擔心長腿老二從空中掉落，心提到嗓子眼。

長腿老二的雙翅搧動自如，一上一下，平穩地飛在空中，引得其他幼鶴對着天空「嘎嘎」叫着。長腿老二「嘎嘎」兩聲，追着黑水晶越飛越高，越飛越遠。

「長腿老二飛起來了！長腿老二飛起來了！」娟草高興得又蹦又跳，雙手揮舞。

爸爸和鶴場的叔叔們聽到娟草的叫聲，抬起頭，看到人工孵化的幼鶴飛上了天，個個喜笑顏開，相互祝賀人工孵化、馴化丹頂鶴成功。

娟草想把這個好消息和同學們分享，撒腿就往學校跑。到了學校，娟草累得直喘氣。同學們詫異地看着娟草，大桐問娟草：「跑這麼急，難道又碰到野狗了？」

　　「沒有碰到野狗，而是鶴場人工孵化的幼鶴飛起來了。」

　　「啊——」同學們一片歡呼。

　　這些日子，同學們不停地聽娟草說人工孵化丹頂鶴的故事，他們對人工孵化的丹頂鶴瞭如指掌。聽說幼鶴飛起來，同學們和娟草一樣激動，嚷着要娟草帶他們去看幼鶴飛行。

　　娟草爽快答應：「好。今天放學後，我們一起去鶴場。」

　　放學後，同學們沒有回家，都跟着娟草往鶴場走。路上，大桐問娟草：「你說，今天黑水晶還會啄我嗎？」

　　娟草嚇唬大桐：「我覺得黑水晶肯定要啄你。」

　　同學們跟着起哄：「黑水晶一定要啄你油亮的小分頭。」

　　一路上，同學們說說笑笑，打打鬧鬧，來到鶴場。

　　「嘎嘎嘎——」黑水晶首先叫了起來，接着幾隻鶴跟着叫起來。娟草拍着大桐的肩頭說：「注意點，黑水晶會攻擊你的。」

　　大桐假裝害怕，雙手抱頭。同學們齊聲叫着：「黑水晶！」「黑水晶！」「黑水晶！」

　　黑水晶好似和孩子們比聲音響亮，叫得更賣力：「嘎嘎嘎——」

　　娟草走過去，朝黑水晶托起雙手，黑水晶一振翅膀，「呼啦」飛上了天空。接着，娟草撐開雙臂，引領四隻幼鶴撐開翅膀跑，同學們撐開雙臂追着撐着幼鶴跑。長腿老二一驚，飛上了天空。其他

三隻幼鶴被同學們攆着，追着，也撲騰着翅膀用力跑，跑着跑着，一隻接一隻飛上了天空。

　　同學們仰望着在天空中飛翔的丹頂鶴，一個個驚呆了。

# 3

　　四隻幼鶴在藍天下飛行得越來越自如了。娟草的心裏冒出一個念頭：訓練這四隻幼鶴進行表演，如果四隻幼鶴能做出整齊劃一的優美動作，那該是多麼震撼人的畫面。

　　娟草帶着黑水晶表演，讓四隻幼鶴看。接着，娟草指揮黑水晶帶着四隻幼鶴一遍遍地走動練習，可生性好動的黑水晶很快失去耐心，牠撐開雙翅追撵着四隻幼鶴，嚇得牠們四處飛散。娟草呵斥黑水晶：「不准欺負幼鶴。」

　　黑水晶生氣了，開始用嘴啄幼鶴，娟草追撵過來，牠一躥，飛上天空，飛着，飛着，牠落在人家的院子裏。

　　丹頂鶴很孤傲，一般離人羣遠遠的，喜歡落在沼澤地，落在蘆葦深處歇腳。一隻丹頂鶴竟然落在院子裏，自然讓人覺得稀罕，這家人饒有興味地圍着牠看。

　　黑水晶一點不怕人，站在院子裏朝着一堵牆壁好奇地張望着，然後，在院子裏踱步，好像這院子就是牠的地盤。接下來的幾天，黑水晶天天都落在這家院子裏，這家人莫名地不安起來。

　　這事傳開了，傳到鶴村，孩子們議論開了。娟草記在心裏，沒吭聲，她細細琢磨着：野生丹頂鶴不願靠近人，只有鶴場飼養的丹頂鶴和人待在一起，牠們膽大一些，不迴避人。但鶴場除了黑水晶以外，其他鶴都關在鶴舍裏，只有黑水晶大多時候是在鶴舍外，可

以到處飛。

娟草認定喜歡落在人家院子裏的丹頂鶴就是黑水晶。

娟草把孩子們說服了，但黑水晶為甚麼總是落在這家院子裏？娟草想要搞清楚，她想去尋找這戶人家，大桐的好奇心上來了，要隨娟草一起去那戶人家看看。

這戶人家坐落在村外兩里處的蘆葦蕩裏，獨門獨戶，牆壁上畫了一幅畫：一片河水，叢叢蘆葦，一隻美麗的丹頂鶴在水邊亭亭玉立。

娟草一下就猜到黑水晶可能喜歡上了畫中的這隻鶴仙子，才天天落在這家院子裏。娟草說出她的猜想，可人家不相信一個小女孩的猜測。大桐急了，指着娟草說：「她會養鶴，這隻落在你們家院子裏的丹頂鶴叫黑水晶，最聽她的話了。」這家人想想，覺得落在院子裏的丹頂鶴還真的總是盯着牆壁佇立半天，一動不動。

大桐隨娟草從這戶人家出來，他往鶴村走，娟草則獨自來到鶴場。

娟草對黑水晶說了很多話，讓牠明白，那戶人家牆上的丹頂鶴是畫中的，並沒有生命。

鶴場的叔叔感歎：「這個黑水晶就是怪，鶴場的雌鶴牠不喜歡，野外的雌鶴，牠也不喜歡，卻偏偏喜歡上了畫中的丹頂鶴。」

黑水晶真心迷戀畫中的丹頂鶴就麻煩了。爸爸立馬警覺起來，他要在黑水晶迷戀上畫中的丹頂鶴前，把這火苗熄滅。爸爸帶着娟草匆匆來到那戶人家，說明來意，那家人也不想再被丹頂鶴打擾，決定把牆壁粉刷成一片白。

黑水晶又一次落在這戶人家的院子裏，牠對着白牆鳴叫，顯得煩躁不安。接着，黑水晶到處張望，尋找着甚麼。如此這般了幾

次，最終飛走了。

從此，黑水晶不再打擾這戶人家了。

過後的幾天，黑水晶在空中漫無目的地飛着，當看到蘆葦裏落了一片黑壓壓的野鴨時，牠朝一隻野鴨張開翅膀撲了過去。牠驚動了野鴨，野鴨嚇得撲棱着翅膀飛了起來，落在蘆葦叢裏的其他野鴨，撲棱撲棱，也紛紛飛起，給蔚藍的天空塗上一個個小黑點。

黑水晶饒有興趣地搧動着翅膀騰空而起，追趕着野鴨羣。牠那潔白的身姿，落在黑黑的野鴨羣裏，非常的耀眼。

此時，一個偷獵的村民看到一羣野鴨從蘆葦叢中飛起，舉槍就打，子彈「嗖」地出去了，從一隻野鴨身邊穿過，打中了黑水晶的左翅膀。

黑水晶在空中掙扎幾下墜落了，空中的野鴨「嘎嘎」叫着，飛散了。

這個偷獵的村民看到一隻丹頂鶴從空中墜落，嚇得雙腿發軟，這是嚴禁捕獵的動物。他忙抱起受傷的丹頂鶴往鶴場跑。

娟草正帶着四隻幼鶴在水邊玩。她聽到了槍聲，又遠遠地看到一個人抱着丹頂鶴向鶴場衝去，一下子就明白了，這人肯定誤傷了丹頂鶴。她飛快地衝到那人身邊，一看翅膀上流血的丹頂鶴，竟然是黑水晶，心疼地衝鶴場大聲呼喊：「黑水晶受傷了！黑水晶受傷了！」

恰好省動物研究所的專家叔叔在鶴場考察，專家叔叔取出小藥箱，麻利地從黑水晶的翅膀裏取出炸碎的彈子，然後給黑水晶消炎包紮。

娟草看在眼裏，她對專家叔叔說：「我也要學會給丹頂鶴治病。」

「你好好學習，長大了到林業大學讀書，學習怎樣保護野生動物，怎樣給野生動物診治。」

娟草點點頭。

接下來的日子裏，娟草陪伴着黑水晶，一心一意地照料牠，黑水晶的傷口一天天好了起來。

這下，黑水晶更加信賴娟草了。牠配合娟草馴化四隻幼鶴，帶着四隻幼鶴一起跳舞，一起飛行，做出各種各樣的飛行姿勢，令爸爸和鶴場的叔叔們驚歎不已。

# 第七章

## ── 黑豆和白羽

# 1

　　娟草漸漸長大，從鶴村小學升入鶴村中學了，但依舊天天幫助爸爸養鶴。

　　秋天，寒氣一陣陣襲來，很快就冷到冰點。遷徙的候鳥去了南方尋找溫暖，留鳥幾乎都躲在窩巢裏冬眠。大雪一場接一場下，天和地都被淹沒在了白茫茫的冰雪裏。鶴場裏的鶴整日待在鶴舍裏，有些百無聊賴，尤其是個性高傲的黑水晶獨自待在鶴舍裏，顯得有點鬱鬱寡歡。

　　娟草有些擔心，問爸爸黑水晶怎麼沒精打采的。爸爸説：「黑水晶長大了，該找雌鶴做伴了。希望牠在來年春天，能找到雌鶴在這裏繁殖後代。」

　　當天，爸爸帶着娟草在鶴場挑選出了最漂亮的雌鶴，把牠帶到黑水晶的鶴舍。

　　漂亮的雌鶴邁着長腿優雅地走進鶴舍，看到黑水晶，兩眼立刻放光，火辣辣的。而黑水晶的目光猶如寒冬的天氣，冷冰冰的。

　　雌鶴走近黑水晶，舒展翅膀，輕點腳步，繞着黑水晶親暱地鳴叫。黑水晶卻避開雌鶴，不急不躁地來回踱步。雌鶴追着黑水晶的腳步，一次次繞到黑水晶的面前，跳躍，搧翅，表示友好。黑水晶不再踱步，昂頭佇立，眺望遠方。雌鶴對着黑水晶叼起小石子和小樹枝拋向空中，繼而一躍，懸在空中。

站在一旁觀察的娟草看入迷了，而黑水晶好似不耐煩了，伸出尖尖嘴，啄了雌鶴一下。雌鶴一聲尖叫。娟草立馬衝進鶴舍，呵斥黑水晶：「不允許啄雌鶴。」

黑水晶高高昂起頭，尖尖嘴朝天空「嘎哇」了一聲，聲音劃過寒冷的天空，傳得很遠很遠。

爸爸對娟草說：「現在是冬天，到了春天，丹頂鶴可能才會表示愛意。」

娟草搖搖頭：「不是這樣，雌鶴明明就是喜歡上了黑水晶。」

「那就再試試？」

娟草守候在鶴舍旁觀察，幾乎寸步不離。

雌鶴被黑水晶啄了一下，變得膽怯了，退縮到旮旯裏，可那雙眼睛一直注視着黑水晶。

幾天過後，雌鶴再次走到黑水晶面前，繞着黑水晶踱步，然後朝着黑水晶亮翅。黑水晶伸出尖尖的嘴狠狠插向雌鶴的翅膀。雌鶴的翅膀即刻流血，一滴又一滴鮮紅的血，猶如一顆顆紅寶石，滑過白羽毛，滑落到地上。

娟草一頭衝進鶴舍去，把雌鶴從黑水晶身邊帶走。

回到自己鶴舍的雌鶴一刻不停地鳴叫着，沒多久，牠開始猛烈地撞擊鶴舍的鐵絲網，企圖衝出來，回到黑水晶的身邊。

雌鶴很快撞傷了，潔白的羽毛紛紛散落下來，可牠毫不疼惜自己，一次又一次地撞擊，不給自己一點喘息的機會。爸爸看了後悔莫及，恨自己不該這麼草率地把雌鶴送到黑水晶身邊。娟草看了十分害怕，讓爸爸趕快想辦法救救這隻雌鶴。

爸爸歎息：「只有讓雌鶴把這腔熱情轉移到另一隻雄鶴身上，也許才有可能挽救牠的性命。要不，這隻雌鶴會在這個寒冷的冬天把自己折磨死。」

娟草很疑惑：「黑水晶是鶴場裏最帥氣最聰明的雄鶴，這隻雌鶴已經喜歡上了黑水晶，牠還能喜歡上其他雄鶴嗎？」

「試試看吧，也許這隻雌鶴能接受另一隻雄鶴的愛。」爸爸隨即帶娟草在鶴場裏尋找雄鶴。

爸爸挑選了一隻性情溫和的雄鶴，把牠帶到雌鶴身邊。

雌鶴對來到身邊的雄鶴憤怒地鳴叫，追着攆着逼牠離開。雄鶴退縮在一角躲避着，不和雌鶴發生衝突打鬥。

漸漸地，雌鶴不再瘋狂地撞擊自己，不再啞着嗓子鳴叫，沉默了。

整整沉默了一個冬天，雌鶴恢復了元氣，最終和守護在牠身邊的雄鶴走在了一起。娟草這才從心裏原諒了黑水晶。

黑水晶沒有對家養的雌鶴迸發出愛，爸爸決定把牠趕回大自然，那裏有更多的雌鶴讓黑水晶選擇。相信終有一天，牠會找到心愛的雌鶴相伴一生。

黑水晶要放歸大自然了，娟草十分不捨，期待春天的腳步來得遲一點，再遲一點。

季節的變遷誰也阻擋不了，冬天的寒氣還未消失，春天就一頭栽了進來。

厚厚的冰雪開始融化了，冰封的河水開始汩汩流動，綠草芽和紅蘆芽冒出來了，冰凍了整整一個冬天的扎龍濕地處處散發出春天的氣息。第一批北遷的丹頂鶴已經回到了扎龍濕地，牠們大多是單身成年的鶴。牠們早被親鶴父母攆出來獨立生存了，現在匆匆飛回扎龍濕地，要在這裏尋找心愛的伴侶，築巢孵化小丹頂鶴。

娟草想把黑水晶放飛到這羣野生丹頂鶴裏。她不給黑水晶餵食，餓得牠一次次飛出門覓食。可黑水晶吃飽了，又一次次地飛回鶴場。娟草看到牠的身影就攆牠走。黑水晶很生氣，對着娟草大聲鳴叫，表示不滿。

曾經那麼溫暖的鶴場一點不善待黑水晶，曾經那麼友好的娟草一點不善待黑水晶。黑水晶很是傷心，牠盤旋在鶴場上空哀鳴了幾天之後，最終憤然離開鶴場，衝上高空，飛向了遠方。

夕陽西下，黑水晶沒有回到鶴場。天黑了，黑水晶也沒有回到鶴場。爸爸對娟草説：「看樣子黑水晶真的走了。」

黑水晶果真回歸了大自然，可娟草的心裏空落落的，情不自禁地仰望天空，搜尋黑水晶的身影。

一天，娟草放學回家，看到空闊的濕地上落下一羣遷徙回來的

單身丹頂鶴。雖是春天，地上還有一層薄薄的白雪。一隻隻單身丹頂鶴踏着白雪在翩翩起舞。一會兒，空中又飛來一隻鶴，落在潔白的鶴羣裏，娟草一眼認出牠是黑水晶。她想衝上去喊牠一聲，但又不想驚動牠，娟草停住了腳步，躲在一旁悄悄地觀察。

黑水晶在鶴場一身霸氣，誰都不敢招惹牠，可在這羣野生丹頂鶴面前，竟然一副靦腆的樣子。娟草禁不住想笑。過了一會兒，黑水晶雙翅聳立，昂起頭，頸彎彎，嘴尖朝上，直面天空，開始發出嘹亮的聲音，一下子把許多雌鶴吸引了過來。

黑水晶「刷」地亮開了翅膀，抬腳一躍，飛舞起來，頭、頸、翅膀、細長腿，處處都在舞動，每一個姿態都是那麼的瀟灑飄逸。

黑水晶一遍又一遍，不厭其煩地變換各種姿態，力圖將自己最美的姿態一個個都展示出來。跳了許久，黑水晶突然停住腳步，雙翅聳立，展示一個絕美的亮相。然後，在薄薄的雪地上優雅地踱步，細細打量着身邊的雌鶴。

娟草替黑水晶感到驕傲，激動得心「怦怦」直跳。

許久，黑水晶停在了一隻雌鶴面前，頭頂那一抹紅色瞬間格外鮮豔奪目，如同紅寶石，熠熠生輝。雌鶴見到高大帥氣的黑水晶來到身邊，牠沒有即刻伸頸仰頭大聲鳴叫，而是溫柔地低下頭。黑水晶再次舒展開羽翼，仰起脖子，用盡全身的力氣發出響徹雲霄的鳴叫聲。這時，雌鶴伸直脖頸放聲鳴叫，隨後，振翅而飛。黑水晶雙翅聳立，對着空中的雌鶴引吭高歌。雌鶴輕盈落下，單腳落在黑水晶的頭頂上，平展潔白的羽翼，讓整個身姿綻放在空中，真是美不勝收。

黑水晶和雌鶴共舞了一陣，雙雙飛向藍天，離開了鶴羣。

娟草目睹黑水晶找到了心愛的雌鶴，興沖沖地跑回鶴場，將這個喜訊告訴爸爸。大家都很高興，讓她密切關注黑水晶和那隻雌鶴的行蹤。

接下來的日子，娟草天天握着望遠鏡搜尋黑水晶和雌鶴的身影，可牠們早已遠去，飛到一片不受干擾的蘆葦叢裏，喁喁私語了。

幾天後，黑水晶帶着美麗的雌鶴回到了鶴場。牠倆在鶴場的上空盤旋了一圈，一同落在鶴場門前的河灘上，久久凝望着鶴場。爸爸誇讚黑水晶是一隻有情有義的鶴，還知道把心愛的雌鶴帶回鶴場看看。黑水晶和雌鶴停留了一會兒，再次飛走，飛向了遠方。

春天的氣息漸漸濃重起來，它的腳步踩到哪兒，哪兒就綠了。它踩綠了草地，踩綠了蘆葦，踩綠了大樹，一直綠到天邊，與蔚藍的天空相接。

一對丹頂鶴從藍色和綠色相接的天邊飛來，飄飄悠悠，越飄越近，飄入娟草手裏的望遠鏡中，竟然是黑水晶和那隻美麗的雌鶴。黑水晶和雌鶴落在離鶴場不遠處的蘆葦叢裏。娟草站在鶴場門口，不用望遠鏡直接就能看到黑水晶和雌鶴。牠倆在蘆葦叢裏飛進飛出，忙碌着銜烏拉草、蘆葦和三稜草築巢。

幾天後，只見黑水晶獨自從蘆葦叢裏飛出。毫無疑問，那隻雌鶴肯定在浮巢裏生下了鶴蛋，開始孵化幼鶴了。丹頂鶴有明確的分工，一個孵化，一個出來覓食和巡邏，防止浮巢遭偷襲。

平日，丹頂鶴優雅又溫順，但在孵化期會變得無比兇悍，甚至殘忍。誰惹了牠們，牠們會瘋狂地啄誰。娟草一心想觀察記錄野生

丹頂鶴結合繁殖的全過程，自然想靠近牠們。但又不敢像過去那樣放肆地走近，而是小心翼翼，一步一步試探着走近牠們的浮巢。

雌鶴鳴叫起來，黑水晶對着雌鶴「嘎嘎」兩聲，雌鶴安靜了。當娟草想走得更近時，黑水晶突然擺出躍躍欲撲的姿勢，對着娟草搧動着雙翅，大聲鳴叫，很明顯是在警告娟草不要靠近。

娟草直往後退，對黑水晶表達出的憤怒感到有些難過。

接下來，娟草天天來看望牠們，但一直不敢靠近。她把帶來的小魚小蝦投放到浮巢四周，省得黑水晶那麼辛苦地去遠處覓食了。

這時，爸爸冒出一個想法，讓娟草把黑水晶浮巢裏的鶴蛋偷出來進行人工孵化。娟草一口拒絕：「不行，這麼做太殘忍了，會傷黑水晶的心。」

爸爸想要説服娟草：「黑水晶和雌鶴都是優等丹頂鶴，希望牠們能多多繁殖後代。」

「牠們一次最多生兩隻鶴蛋孵化。我們偷走了牠們的鶴蛋，你讓牠們怎麼多培育自己的後代？」娟草反駁爸爸。

「丹頂鶴在一個春天可以兩次產卵，甚至多次。只要空巢了，就會逼着牠們再一次產卵。」經爸爸這麼一説，娟草猶豫了，她一心想讓黑水晶和雌鶴能多孵化幼鶴，給丹頂鶴這個瀕危物種增添一些數量。

一連幾日，娟草不再給黑水晶送小魚小蝦，逼着牠一次次出門覓食。

早晨，娟草看到黑水晶出門覓食去了，她飛快走近浮巢。雌鶴立刻警覺起來，撲棱着翅膀不讓娟草靠近。娟草折斷一根蘆葦輕輕

抽打坐在浮巢上的雌鶴，雌鶴一驚，飛了起來，就在雌鶴飛起的那一刻，娟草趁機拿走了兩隻熱乎乎的蛋，飛也似的跑回了鶴場。

雌鶴對娟草的突然襲擊毫無防備，等牠緩過神來，飛回浮巢一看，裏面的鶴蛋沒了。雌鶴飛到空中，痛苦地鳴叫着。黑水晶聽到雌鶴的鳴叫聲，從遠處飛回來，一看空空的浮巢，也發出傷心的鳴叫，直刺娟草的心。娟草責怪爸爸：「你不該出這樣的主意，我現在就把鶴蛋送回浮巢裏。」

爸爸安慰娟草：「肯定沒事，隔些日子牠們又會生出一窩蛋，傷心很快就會過去了。」

果真如爸爸所說的那樣，沒多久，黑水晶又獨自出門覓食了，雌鶴又生下了一窩鶴蛋，坐在上面孵化了。

娟草不敢去看浮巢，但又一心想觀察，便硬着頭皮，帶着小魚小蝦再次小心翼翼走向浮巢。

黑水晶出門覓食了。

雌鶴看到娟草，大聲鳴叫起來。娟草把小魚小蝦投了過去。雌鶴根本不理睬，一個勁地鳴叫。黑水晶聽到雌鶴的鳴叫，急匆匆往回飛，見到多日不見的娟草，直撲而來，雙翅掀起的風輕輕颳過娟草的臉。娟草以為黑水晶要啄她，嚇得蹲下身。可黑水晶沒有啄娟草，盤旋一圈，落在她的面前。

娟草的臉「刷」地紅了，感到自己辜負了黑水晶的信賴和友情，竟然偷走了牠們的鶴蛋。黑水晶歪着頭，看了看娟草，鳴叫了兩聲，然後向浮巢走去。黑水晶和雌鶴換班，當坐在浮巢上的雌鶴起身讓黑水晶孵鶴蛋時，娟草看到浮巢裏僅有一枚鶴蛋。她更加愧

疾了，想要彌補自己的過錯，不停地把新鮮的小魚小蝦、螺螄、蘆根投放到浮巢四周。即便下暴雨，娟草也要穿着雨衣來給黑水晶和雌鶴投食。

## 3

　整整孵化了三十天，小鶴破殼而出，黑水晶和雌鶴興奮得相對鳴叫。從此，一家三口形影不離。

　早晨，娟草來到浮巢，發現黑水晶一家不見了。

　一連幾天，娟草拿着望遠鏡搜尋黑水晶一家的身影，可惜一次也沒有看到。娟草很難過，爸爸説黑水晶野化了，不再依戀鶴場，是好事。可娟草的心裏就是愧疚，擱不下黑水晶。

　夜裏，娟草夢到黑水晶吃了地裏浸了藥水的粟米，中毒倒在了一片蘆葦叢裏。娟草抱着黑水晶哭，把自己哭醒了。白天，娟草的心裏不踏實，不停地舉着望遠鏡四處觀望，依舊沒有看到黑水晶一家的身影。她很不安地把夜裏的夢告訴了爸爸。

　爸爸説：「黑水晶嗅覺那麼靈，牠才不會吃帶毒的粟米。我對黑水晶在野外的生存能力絕對放心。你把這份心思放到飼養『黑豆』和『白羽』的身上，也算是對黑水晶的一份關愛。」

　「黑豆」和「白羽」就是娟草從黑水晶的浮巢裏偷來的鶴蛋孵化出的兩隻幼鶴，娟草親自給牠們起的名字。

　黑豆活像黑水晶，個頭大，脾氣大，時常欺負白羽，追着攆着白羽啄，樣子很兇猛。氣得娟草抓着黑豆的尖嘴警告牠：「不許欺負白羽。」可黑豆對娟草的警告充耳不聞，逮着白羽就啄，嚇得白羽縮在牆角裏。娟草對黑豆的行為忍無可忍，讓爸爸把牠倆隔離開。爸爸説：「丹頂鶴是很溫和的物種，但也有殘忍的一面。即使同窩出

生的鶴，如果一隻過於強大，一隻過於弱小，強大的會毫不留情地啄那弱小的鶴，甚至啄死。牠們和其他物種一樣，遵守優勝劣汰的自然規則。可牠們又不像其他的物種，能生產出很多。這是丹頂鶴瀕危的一個重要原因。」

娟草知道丹頂鶴的天性後，對黑豆多了一份寬容，對白羽格外地照料，用心保護着白羽，使牠不再遭受黑豆的傷害，平安長大。

娟草不停地給白羽餵食，讓牠吃得多點，長得胖點，長得高點，甚至希望牠能像黑豆一樣變得兇猛一些。在娟草的精心飼養下，白羽果真長開了，長得和黑豆一般高大，但性情依舊很安靜。黑豆面對與自己一樣高大的白羽，略微收斂了一點兒，但仍然想欺負牠，展現自己的威風。黑豆不時繞着白羽轉，一不留神，黑豆再次襲擊白羽，很迅猛地飛撲過去，用嘴啄白羽的翅膀。白羽本能地張開翅膀，一搧動，恰好撲打了黑豆的頭。

黑豆一聲大叫，向後退去。

黑豆沒想到白羽的翅膀那麼有力，白羽也沒有想到自己能讓黑豆退縮，一下子有了信心。當黑豆再次攻擊牠時，便迎了上去，頃刻之間，兩鶴騰飛，四翅搧動，互相用腳爪踢對方。騰躍，閃轉，從鶴舍東側打到西側，黑豆落敗，縮到旯旮裏。從那以後，黑豆不再主動襲擊白羽，牠倆相安無事了。

轉眼間，黑豆和白羽長大了，腿骨節結實，羽毛豐滿。娟草帶牠們到野外練翅，娟草張開雙臂跑，黑豆和白羽學着娟草的樣子張

開翅膀跟着跑。跑，跑，娟草帶着黑豆和白羽一直跑，跑了一些日子，黑豆和白羽飛了起來。

一天，娟草帶着黑豆和白羽出門練習飛行時，看到一片蘆葦前落着一對野生丹頂鶴，牠們的目光一直追着黑豆和白羽看。娟草有點詫異，眼前這對野生丹頂鶴是成年丹頂鶴，牠們應該在這個季節生養自己的幼鶴，可牠們身邊卻空蕩蕩的。娟草估摸這對丹頂鶴生下的鶴蛋被人偷走了，或許孵化出的幼鶴不幸夭折了。難道牠們想帶走黑豆和白羽？娟草感到好奇，躲藏起來，悄悄地觀看這對丹頂鶴的動靜。

不一會兒，這對丹頂鶴向黑豆和白羽走來。黑豆即刻鳴叫，示意牠們走開，而白羽對牠們亮翅，表示友好。

這對丹頂鶴對鳴了一聲，一隻飛走了，飛到不遠處的河面上去覓食，等逮到一條魚，銜在嘴裏掉頭飛回來，把魚送到白羽的嘴邊。白羽一口叼住魚。黑豆飛速撲過來想襲擊爭搶。這對野生丹頂鶴便兇悍地朝黑豆伸出長嘴，一旦啄下去，黑豆肯定會被啄傷。娟草趕快衝過去保護黑豆。兩隻野生丹頂鶴看到了娟草，不情不願地退到蘆葦邊。娟草追過去驅趕，牠們撲撲翅膀飛上了天空，但不願離開，一直盤旋在空中。

白羽急得仰頭朝天鳴叫。

娟草趕忙帶着黑豆和白羽回到鶴場，把這事告訴了爸爸。爸爸說：「黑豆和白羽都得野化，牠倆將來都要放回大自然，現在白羽能跟那對野生丹頂鶴走，未嘗不是一件好事。」

娟草有些不捨，但白羽能得到兩隻野生丹頂鶴的疼愛也是挺好的事兒。

　　下午，娟草把白羽獨自帶到那片空闊的濕地上。兩隻野生丹頂鶴果真守候在那裏，牠們彷彿知道白羽一定會來似的。白羽很自然地走向這對丹頂鶴，牠們把白羽護在中間，伸出尖尖嘴為牠梳理羽毛，儼然就是一家子。

　　不久，這對野生丹頂鶴對鳴了一聲，然後飛了起來，白羽亮着翅膀跟隨着飛上了天空，越飛越高，越飛越遠。

　　娟草的心裏很失落，她覺得白羽太無情了，飼養了那麼久，居然沒有回頭看她一眼，就隨那對丹頂鶴飛走了。

　　娟草站在濕地上仰望着，直到白羽的身影消失在天邊。

　　娟草回到鶴場，見落單的黑豆正在四處尋找白羽，娟草輕撫黑豆，説：「別找了，白羽已經飛走了，你留在鶴場，我陪你。」

　　黑豆依舊不安地張望着，尋找着。

# 第八章 —— 雪地鶴鳴

黑水晶和雌鶴在春天裏生下的三隻鶴蛋，兩隻用孵化箱孵化出小鶴，一隻由牠們自己孵化出小鶴。這三隻小鶴有着各自不同的命運：一隻被野生丹頂鶴帶走了，一隻留在了鶴場，一隻留在黑水晶和雌鶴的身邊，獨享牠們的愛。

轉眼入秋了，野生丹頂鶴即將南遷。

娟草想在鶴羣南遷之前，再看一眼曾經朝夕相處的黑水晶。她整天舉着望遠鏡，滿天空地尋找牠的身影。

平日，丹頂鶴大多是一家子飛行。到了南遷時，開始成羣結隊地飛行。一夜之間，散落在濕地各處的丹頂鶴好似聽到了集中遷徙的號角，紛紛飛到空中集合，選擇一條熟悉的航線，沿着這條航線結伴向南飛去。

娟草舉着望遠鏡，盯着這條航線看，看到一羣羣潔白的身影悠悠飄來，又悠悠飄去，最終飄入南方的天邊。又有一羣丹頂鶴飛在黃昏的天空，當衝進天邊火紅霞光中時，瞬間變成了紅彤彤的一片。接下來的幾天，娟草仍不停地觀望天空，目送一批又一批丹頂鶴，找尋黑水晶一家的蹤跡，可一直沒找到。

娟草等來了最後一批遷徙的丹頂鶴，這羣鶴隊伍龐大，娟草盡力一隻隻看過去，睜大眼睛細心尋找，可鶴羣綿延得太長，白茫茫的一片，讓娟草眼花繚亂，結果仍沒看到黑水晶一家。娟草不安地

問爸爸：「我怎麼沒有看到黑水晶一家南遷呢？」

「牠們肯定飛走了。丹頂鶴一飛而過，人哪有那麼好的眼力，能看清楚每一隻丹頂鶴。再說，天空空闊無際，不是所有的丹頂鶴都必定在你眼前飛過啊。」

娟草覺得爸爸說得在理，可心裏就是不踏實，她擔心黑水晶待慣了扎龍濕地，不樂意南遷。爸爸笑娟草：「你這孩子想得太多，黑水晶早已經是野生丹頂鶴了，牠又那麼機靈，一定會帶着雌鶴和小鶴南遷的，這是丹頂鶴生存的本能。」

不管爸爸講話的口氣多麼肯定，但娟草沒有親眼看見黑水晶一家南遷的身影，隱約間，總感到黑水晶一家還留在扎龍濕地。

冬天，濕地上的水大面積乾枯，很快整片河水都冰封了。接着，雪一場一場地下，覆了村舍、鶴場，覆蓋了蘆葦、湖泊和沼澤地，濕地很快被冰凍在了雪窠裏。

雪還在瘋狂地下，下得密密匝匝，如一條條飛舞的白線穿梭在天地之間，滿眼白茫茫。扎龍濕地的寒冬是真正的冰天雪地。

一天，娟草在鶴場隱約聽到遠處有鶴鳴聲，凝神細聽，又沒有了。隔了一會兒，那聲音又出現了，很遠，很遠。娟草喊着：「爸爸，我聽到遠處有鶴在叫。」

爸爸正埋頭打掃鶴舍，他很肯定地說：「不可能，這樣的冰天雪地，丹頂鶴是存活不下去的。」

娟草讓爸爸細細聆聽。

聽了半天，沒有聽到聲音，爸爸對娟草說：「那是鶴場裏的鶴鳴聲留在你的耳朵裏了，是你的幻覺。」

「不是。」娟草説着再次豎起耳朵聆聽，又是「嘎——哇——」一聲從遠處傳來。這下，娟草非常確定遠處有一隻鶴，那遙遠的叫聲是哀傷的鳴叫。可爸爸依舊不相信，歎息着：「你這孩子太固執了，偏説遠處有鶴叫。」

這時，又傳來一聲「嘎——哇——」，很微弱，但爸爸聽到了。爸爸這下啞口了，豎起耳朵細心聆聽，「嘎——哇——」又是一聲。爸爸估摸出了聲音的方向和距離，斷定鶴的鳴叫聲來自鶴場北邊。

爸爸一刻不遲疑，帶着娟草向着鶴鳴的方向跑去。

一路上，看不到一個人影。雪地裏，除了他倆身後留下的兩行深深的腳印外，幾乎就沒有其他痕跡了。雪很深，娟草和爸爸走得很吃力，沒走多久，就熱得冒汗，汗很快凝成白霜，掛在眉梢。他倆越朝北去，鶴鳴聲越清晰。

「丹頂鶴到南方越冬這是自然規律，野生丹頂鶴從來沒有留下過，肯定是這隻野生丹頂鶴受傷了，不能飛到南方去了。」爸爸絮叨着。

娟草沒有説話，她的腦海裏浮現出黑水晶的身影，她的心裏疑問重重：黑水晶在鶴場長大，難道牠不願南遷嗎？雌鶴和小鶴是野生丹頂鶴，難道牠們飛走了，讓黑水晶單獨留在扎龍濕地？轉而一想，丹頂鶴對愛情十分忠貞，黑水晶不可能離開雌鶴和小鶴獨自留下。於是，娟草豎起耳朵仔細捕捉雌鶴和小鶴的聲音，可惜一直沒有聽到，只聽到一隻鶴在一聲聲哀叫，響在冰冷的雪地裏，顯得格外淒涼，令人揪心。

娟草和爸爸繼續往前走着。

響在耳邊的鶴鳴聲突然消失了，娟草和爸爸慌張起來，撒開腿跑，濺得雪花四散。他倆幾乎耗盡了力氣，終於看見一隻丹頂鶴的身影，牠孤單地站立在空茫茫的雪地裏，白色的身影與潔白的雪渾然一體。牠就是黑水晶。娟草大聲呼喊着，用力衝過去，一個跟蹌，跌倒在了雪地裏，爸爸把娟草從雪地裏拉起，攙着她走向黑水晶。

黑水晶的腳邊躺着雌鶴和小鶴，牠倆已經凍死在雪地裏，只剩下黑水晶孤單的身影在風中瑟瑟發抖。娟草一把將哆嗦的黑水晶摟住，虛弱的黑水晶無力地倒在了娟草的懷裏。

爸爸扒開雪地裏的一片枯蘆葦，把瘦弱的雌鶴和小鶴放在裏面，然後用潔白的雪覆蓋住了雌鶴和小鶴的身體。

事情是這樣的：原本黑水晶和雌鶴領着小鶴在空中飛行，小鶴雖小，卻飛得很自如，很有力氣。牠想展示自己的飛行能力，朝前一躥，又朝後一躥。沒留神，「啪」的一聲，一隻翅膀碰到了空中的高壓線，剎那間，翅膀燒得焦黑，從空中墜落。

黑水晶和雌鶴帶着受傷的小鶴，隱藏在這片偏僻的蘆葦叢裏。天漸漸冷了，丹頂鶴們要南遷了，可小鶴根本飛不起來。黑水晶和雌鶴一次次帶着受傷的小鶴飛行，可一次次都失敗了，牠們的小鶴永遠不能飛上藍天了。

黑水晶和雌鶴不忍心丟下心愛的小鶴，隨着鶴羣南遷。

幾日工夫，野生丹頂鶴都飛走了，這片濕地上，除了鶴場飼養的鶴，只剩下黑水晶一家了，牠們靜靜地躲在蘆葦深處。

天越來越冷，河面結了厚厚的冰，又覆蓋了一層厚厚的雪。黑水晶用尖尖的喙啄雪，啄冰，啄破了喙，都啄不開像鐵一般堅硬的

冰層，牠找不到一點兒食物。

　　黑水晶一家在寒冷和飢餓中度日。

　　早晨，黑水晶又一次出去覓食，牠終於銜回一根結冰的蘆根，可雌鶴和小鶴已經凍死在了雪地裏。黑水晶撕心裂肺地哀鳴，在空茫茫的天地間傳得很遠很遠。

　　等娟草和爸爸循着鶴鳴聲到來時，一切都晚了。

　　娟草忍不住埋怨黑水晶：「你為甚麼不去鶴場求救？你難道忘了鶴場，忘記娟草姐了嗎？你只要到鶴場上空飛一下，我們就知道了啊。那樣，我們就能把你們帶回鶴場度過寒冷的冬天，你就不會失去心愛的雌鶴和小鶴了。」

　　黑水晶沒有鳴叫，而是獨立寒風中，寒風吹動牠的羽毛，牠仰起頭，傷心地凝望着遠處蒼茫的天空。

娟草和爸爸把黑水晶帶回了鶴場。

黑水晶餓壞了，凍壞了，回到鶴場，連進食的力氣都沒有了。娟草一點點、一點點地餵給黑水晶吃。過了幾日，黑水晶可以自己進食了。半個月後，黑水晶的身體有了很大的好轉，但牠的神情依舊恍惚，牠的魂已經留在那片葬着雌鶴和小鶴的雪地裏了。

鶴是一種很有靈性的鳥，黑水晶又是那麼聰明，雪地裏的憂傷深深地刻在黑水晶的眼睛裏，一直驅散不去。

黑水晶失去了往日的靈動和霸氣，總是面朝北站立，半天不動彈，那姿勢好似凝固了。

看着黑水晶孤單憂傷的身影，娟草十分心疼。一放學，娟草就匆匆來鶴場陪黑水晶。她禁不住想，如果當初她不偷走黑水晶第一窩產下的兩隻鶴蛋，或許黑水晶和雌鶴已經帶着兩隻小鶴一起南遷了，一家四口已經甜蜜地生活在了鹽城濕地。可如今黑水晶孑然一身，在痛苦中煎熬。

娟草看着萎靡不振的黑水晶，陷入了深深的自責。但她不願對爸爸說，怕引起爸爸的內疚。娟草對同學們講她心裏的愧疚。大桐寬慰娟草：「你這麼做，不是想傷害黑水晶，而是想牠們多孵化幾隻丹頂鶴，給這個瀕危的物種增添數量，讓牠們能代代繁衍，永不消失。」

同學們紛紛説：「這一切都是為了丹頂鶴啊。」

不管大桐和同學們怎麼寬慰，娟草依舊心不安，看到黑水晶，就覺得自己是個罪人。

黑水晶年歲還小，丹頂鶴壽命都很長，難道黑水晶要這麼寂寞悽苦地過上很多年嗎？不，她一定要讓黑水晶重新振作起來。娟草對黑水晶説：「我偷走了你的兩隻鶴蛋，孵化出了兩隻可愛的小鶴。一隻隨你的脾氣，叫黑豆。一隻可能隨雌鶴的脾氣，叫白羽。一對野生丹頂鶴喜歡上白羽，帶着牠去南方越冬了。黑豆留在鶴場，我得把牠歸還給你。」

黑水晶對娟草的一番訴説，無動於衷。

娟草直接把黑豆領來，告訴黑水晶：「牠就是黑豆，是你的孩子。」

可黑水晶和黑豆的相見，沒有娟草期待的那種親熱。黑水晶對黑豆視而不見，倒是黑豆好奇地圍着黑水晶打轉，打量着高大帥氣的黑水晶，也許黑豆在想，牠是誰？牠為甚麼總是站在這裏不動呢？黑水晶的眼裏全然沒有繞着牠打轉的黑豆，牠一直朝北凝望着，這樣固定的姿勢、孤獨的神情，持續了整整一個冬天。

春天來了，冰雪開始融化，濕地上不時響着「咯嘣、咯嘣」的破裂聲，沼澤、湖泊、淺水灘汪汪一片水，乾枯的濕地再次豐盈流動了起來。蘆芽很快穿透枯枝敗葉冒出了頭，滿眼紅彤彤的。不久，野生丹頂鶴成羣結隊地從南方飛回來了，寂靜了一個寒冬的天空突然間喧鬧起來。娟草在這個春天重新燃起了希望，她一次次把黑水晶趕回大自然，期盼牠重新尋找新的雌鶴相伴。

黑水晶一次次飛出去，飛到那片埋着雌鶴和小鶴的蘆葦叢，然後又獨自飛了回來。

　　娟草感到黑水晶的心徹底給了逝去的雌鶴，牠的愛已經冰封在了冬日的雪地裏。娟草不再攛黑水晶出去了，而是把心思放在黑豆身上，她要讓黑水晶認領黑豆這個孩子，讓黑豆陪伴在牠的身邊。

　　娟草不停地對黑水晶嘮叨着：「黑豆是你的鶴寶寶，牠一直圍着你轉，你看牠長得多帥多靈氣，和你一模一樣。」

　　一天早晨，黑水晶終於扭動了一下頭，看了黑豆一眼。

　　娟草眼睛燦然一亮，看到了希望，她相信黑水晶終有一天會認領黑豆，她耐心地等待着，等待着……

　　終於在一天黃昏，黑水晶朝黑豆亮翅，「嘎哇——嘎哇——」叫了兩聲，這是黑水晶回到鶴場，第一次發出鳴叫。

　　娟草臉上樂開了花，又是跳躍，又是呼叫：「黑水晶喜歡黑豆了！黑水晶喜歡黑豆了！」

　　沒過多少日子，濕地上的蘆葦就躥得高高的，齊刷刷地立着，迅疾繁茂，浩浩蕩蕩鋪滿水面，整個濕地成了一片綠色的海洋。風吹過，綠波蕩漾；鳥飛過，鳴聲飛揚。黑水晶帶着黑豆飛在碧綠的蘆葦叢上，傳授給黑豆各種野外生存的技能，黑豆成了黑水晶的尾巴，牠倆形影不離。

　　看着牠們相伴的身影，娟草不再愧疚，內心湧起無比的喜悅。

　　一天，黑水晶帶着黑豆佇立在水灘前，一陣鳴叫後，黑水晶忽然騰空而起，像一支白色的箭朝着北邊的天空飛去。隨後，黑豆也飛上了天空，頭腳前後伸直追了上去。牠們如兩片白綢在藍天下飄

動，越飄越高，越飄越遠。

這時，娟草想到黑水晶可能帶着黑豆去那片葬着雌鶴和小鶴的蘆葦地了，她跑回屋拿出望遠鏡瞭望，兩個白點很快消失在了鏡頭前。

娟草十分焦急，連忙去告訴爸爸：「黑水晶帶着黑豆朝北飛了，牠倆一定是去那片葬着雌鶴和小鶴的蘆葦地了，牠們可能不回來了。」

爸爸埋頭做活，輕描淡寫地說：「翅膀長在牠們身上，想飛哪就飛哪。牠們想在野外生活了，就會飛走，這是好事。牠們想回到鶴場，牠們就會回來，這同樣是好事。」

娟草捨不得牠們走，一直仰望天空，默默等待着。

黃昏時分，黑水晶帶着黑豆穿過天邊的晚霞，向鶴場飛來。娟草對着天空喊：「牠們回家了，牠們回家了。」

黑水晶和黑豆悠悠然落在娟草的腳邊，低頭鳴叫，娟草對黑水晶說：「以後，你想看就去看看，別忘了回鶴場這個家就行了。」

其實，不用娟草叮囑，黑水晶已經不願離開娟草和鶴場了。看樣子，牠要留在鶴場過一輩子了。

# 第九章 —— 牧鶴女孩

日子一天天過去，不知不覺間，娟草長大了。

這些年，娟草幾乎天天來鶴場幫爸爸照看丹頂鶴，她早學會了餵鶴、孵鶴、放鶴、馴鶴，樣樣都幹得出色。當年鶴場初建時，林業大學的幾位教授來扎龍自然保護區考察，就發現了娟草這個特別的女孩，決定等她長大了，特招她進林業大學讀書。

這一天終於來到了，林業大學正式給娟草發來了錄取通知書。

娟草明白，想讓丹頂鶴這個世界上瀕危的物種能夠大量繁殖，僅靠對丹頂鶴的喜歡是不夠的，她必須出門讀書，掌握更多的知識和技能，才能幫助丹頂鶴更好地生存和繁衍。

娟草欣然接受了林業大學的邀請。

臨行前，娟草把黑水晶帶到一灣水池邊，掬起一捧清水灑在黑水晶的身上，幫牠梳洗羽毛。她對黑水晶說：「娟草姐要出門了，不管娟草姐走到哪兒，都會記住你的。這次娟草姐只是出門讀書，過幾年就回來了。」

黑水晶盯着娟草看，過了一會，牠仰起頭，對着空闊的天空「嘎嘎」兩聲。

娟草抬頭，看到了飄在鶴場上空的信號旗，這讓她想起鶴場第一次升旗時，黑水晶嚇得驚慌失措的樣子，娟草禁不住「噗嗤」笑了。娟草指着信號旗叮囑黑水晶：「飄着信號旗的地方就是鶴場，

就是你的家，飛出去記得飛回來，你一定要留在鶴場等娟草姐回來。」

「嘎——嘎——」黑水晶大聲叫嚷起來。接着鶴場裏響起一片鶴鳴聲，非常響亮，久久地迴蕩在扎龍濕地的上空。

娟草依依不捨地告別了黑水晶，告別了鶴場，告別了扎龍濕地，出門讀書去了。

娟草從偏遠的濕地來到大學讀書，底子薄，聽課很是吃力。她每天走進教室，耳朵都豎得高高的，聽老師講課，生怕聽漏了一個字，她用心聽，手飛快地記錄着。

每天，娟草把自己早早從夢裏喚醒，悄悄起牀，輕手輕腳離開宿舍，跑到校園的南側。那裏有片茂密的林子，密佈着高大的樹木和矮小的灌木，鬱鬱葱葱。她穿過林中的小路，來到一灣小河前，坐在河邊讀書。

夜宿在林中的鳥兒聽到娟草的讀書聲醒來了，嘰嘰喳喳，迎着初升的太陽鳴叫。娟草聽着清脆的鳥鳴聲，好似回到了家鄉，頓感神清氣爽。

讀書的辛苦，娟草笑呵呵地承受着。可一旦想到爸爸，想到鶴村，想到鶴場的丹頂鶴，尤其想到黑水晶，她就承受不住思念了。

娟草給爸爸寫信。

爸爸看到娟草的信，就知道娟草想家了，他耐心地給娟草講鶴場裏的事兒，讓娟草如同生活在濕地上一樣。

娟草：

　　鶴場又添新丁了，孵化出了一批幼鶴，毛茸茸的，很是可愛。

　　這樣一年一年孵化下去，孵化出的丹頂鶴數量會逐年增多。將來這些人工孵化的丹頂鶴們又會雙雙結伴孵化出新一代丹頂鶴。過不了多少年，牠們的數量會越來越多，扎龍濕地上就會有一個龐大的不遷徙的丹頂鶴羣了。

　　想想冰雪覆蓋的冬天，我們扎龍濕地的上空也會飛着成羣的丹頂鶴，那將是一番多麼好看的景象。

　　爸爸知道，你一定很想知道黑水晶的近況。黑水晶可機靈了，我告訴牠娟草姐在外讀書很想牠，牠就像聽明白似的，不停地鳴叫着。

　　你在信中擔心黑豆長大了要離開黑水晶，怕黑水晶受不了分離的痛苦，這些都沒事的。黑水晶懂得生存的自然法則，黑豆最終要回到大自然中去。

　　不要惦記爸爸、惦記鶴場、惦記黑水晶。你好好讀書，回到鶴場才能做更大的事情。

　　祝娟草健康開心！

爸爸


讀完爸爸的信，娟草又一頭扎進書本裏去。

娟草學習書本，如啃骨頭似的，硬啃着，啃得很吃力。但她一遍又一遍啃着。漸漸地，骨頭變綿軟了，後來，像吃蛋糕似的，又香又甜。

娟草的學習開始輕鬆起來，她哼起了歌曲，那歌聲甜美、清亮，沒有一絲雜質。同學們喜歡聽，誇讚娟草的歌聲是天然的濕地之音，天籟之音。

娟草開始抽時間參加課外活動了。在一次演講中，娟草給大家講述了黑水晶的故事。當講到「黑水晶失去了雌鶴和小鶴，牠在風中，朝朝暮暮，寒冬酷暑，孤單地數着日子」時，娟草流淚了。

全場寂靜。許久，才響起熱烈的掌聲。

黑水晶的故事，讓同學們不僅對丹頂鶴多了一份了解，多了一份喜歡，也對娟草這個從濕地裏走出來的牧鶴女孩，多了一份了解，多了一份喜歡。

## 2

　　一天傍晚，娟草和同學們從圖書館出來。看到對面的禮堂門口張貼着海報，海報上立着一羣扮演丹頂鶴的女孩，十分耀眼。娟草感到莫名的興奮，停住腳步細看內容。

　　　　丹頂鶴藝術團要在林業大學的禮堂表演兒童音樂劇
　　《牧鶴女孩》。

　　同學們都被醒目的海報吸引，嘖嘖誇讚，約娟草一起看音樂劇。娟草説：「我從丹頂鶴的故鄉來，我一定要看這部音樂劇。」
　　翌日，娟草和同學們一起走進了禮堂。
　　演出開始，大紅帷幕在音樂聲中徐徐拉開。舞台上出現了茫茫蘆蕩，美得令人陶醉，娟草彷彿被帶回了佈滿蘆蕩的扎龍濕地，回到了家鄉。
　　兩隻白色的丹頂鶴帶着一隻黃色的小鶴，在蘆蕩裏翩翩起舞。
　　牠們來到彎彎的小河邊，河水清澈如鏡。在水鏡子裏，小鶴第一次看到了自己，驚訝萬分：「我怎麼和爸爸媽媽長得不一樣？」
　　鶴媽媽説：「你長大了，黃絨衣就換成白羽毛了。」
　　小鶴又擔心起來：「我的頭頂上怎麼沒有你們的紅寶石？」
　　「有。等你長大了，就會有一顆紅寶石戴在頭頂，讓你成為最

美麗的丹頂鶴。」

小鶴滿心渴望着長大。牠大口大口地吃着魚蝦，吃着蘆葦鮮嫩的根，吃着螺螄，吃了很多很多。

小鶴長大了，穿上了白羽，脖子和翅膀邊鑲嵌一簇黑羽毛，襯得白羽毛更白、更亮。

鶴爸爸和鶴媽媽張開翅膀，帶着小鶴在空闊的草地上迎風奔跑，跑着跑着，小鶴飛了起來，隨着鶴爸爸鶴媽媽飛向高空。

漸漸地，小鶴能獨自飛了，飛在高高的藍天上。

小鶴在空中鳥瞰着自己的家園，水窪、草地、蘆葦、沼澤、河流、草甸，青青綠綠，真是漂亮。

天冷了，河流淺了，草地黃了，鶴媽媽對小鶴說：「過些日子，我們要出遠門了。」

「去哪兒？」小鶴問。

「去很遠很遠的南方，過一個温暖的冬天。」

小鶴搖搖頭：「我穿着厚羽毛，我不怕冷，我不願離家。」

「這兒是我們的家，南方也是我們的家。」

「嘎哇──」

「嘎哇──」

空中傳來鶴鳴聲，一羣羣丹頂鶴出發了。牠們飛啊飛，飛過一座座城市，飛過一片片樹林，飛過一座座高山，飛到一片空闊的草原上空。

忽然，一隻黑色的蒼鷹飛來，飛向白色的鶴羣。蒼鷹逕直撲向小鶴，利爪一把抓住小鶴的翅膀，小鶴「嘎嘎」直叫喚。

鶴爸爸和鶴媽媽衝了過去，用尖尖的嘴啄蒼鷹，用翅膀拍打蒼鷹，可兇猛的蒼鷹緊緊抓住小鶴不肯鬆爪。

「嘎哇—— 嘎哇——」鶴羣齊聲鳴叫，紛紛向蒼鷹撲打過去，一個接一個。蒼鷹只得丟開小鶴，倉皇而逃。

白色的鶴羣重新聚攏在一起，排隊繼續往南飛。

小鶴的翅膀在流血，很疼很疼，疼得牠飛得低低的、慢慢的，最終，墜落在了草原上。

「嘎哇—— 嘎哇——」鶴爸爸和鶴媽媽傷心地呼喚着，從空中俯衝下來，落在了小鶴的身邊。

鶴羣停住了南飛的腳步，盤旋在天中，呼喚着小鶴一家。

小鶴疼得無法飛行，但還是忍着痛頑強地搧動翅膀。鶴爸爸向小鶴伸去一隻翅膀，鶴媽媽向小鶴伸去一隻翅膀，牠們架起小鶴的翅膀，一同飛行，把小鶴硬是帶回了藍天。

飛了一會，鶴爸爸和鶴媽媽飛不動了，直往下落。

「嘎哇—— 嘎哇——」鶴羣呼喚着，落下兩隻丹頂鶴。牠們接替鶴爸爸和鶴媽媽，向小鶴伸出翅膀，再次把小鶴帶回天空。

就這樣，丹頂鶴們輪換着，一次次帶着受傷的小鶴飛在藍天裏。

突然，烏雲翻滾，接着暴風雨侵襲而來。受傷的小鶴經不住狂風暴雨，被掀翻出去，墜落在茫茫的蘆葦叢裏。

鶴羣尋找着、呼喚着，可狂風暴雨干擾了牠們的視線，淹沒了牠們的聲音。鶴羣盤旋在天空，焦急地鳴叫着，牠們在暴風雨中起起落落，分分聚聚，一遍遍地找尋。鶴羣找不到小鶴的身影，聽不到小鶴的回音，最終沒有找到小鶴。鶴羣傷心地穿過暴風雨，向遙

遠的南方飛去。

雨停了，一個女孩來到蘆葦邊，看到了昏迷的小鶴，將牠救起，帶回了家。

女孩留小鶴在身邊養傷。在女孩的精心照料下，小鶴一天天好起來，翅膀的傷口漸漸癒合。

在一個明媚的早晨，小鶴一飛沖天，飛向了碧藍如洗的天空。

牧鶴女孩仰望天空，目送着小鶴遠去的身影。

娟草看到這個場景，想起了鶴娃，想起了黑水晶，想起了鶴場裏的那羣丹頂鶴。

音樂劇結束，扮演丹頂鶴的孩子們紛紛飛上舞台，和牧鶴女孩一同謝幕。

全場響起雷鳴般的掌聲。

一個熟悉的身影踩着熱烈的掌聲走上舞台，娟草驚呆了，是仙鶴姐姐。

仙鶴姐姐深情地説：「音樂劇《牧鶴女孩》，是根據一個真實的故事創編的。生活中有一位真正的牧鶴女孩，她叫娟草，如今就在林業大學讀書，就在觀眾席上。」

全場一片譁然。

仙鶴姐姐邀請娟草來到舞台上，觀眾起立鼓掌，淚水模糊了娟草的雙眼。

原來仙鶴姐姐畢業後，來到丹頂鶴藝術團教孩子們跳舞，同時她潛心創作着音樂劇《牧鶴女孩》。

經過幾年的努力，仙鶴姐姐創編出了這部音樂劇《牧鶴女孩》。

仙鶴姐姐帶着孩子們來到扎龍濕地的鶴村小學演出，卻意外地看到了大桐。

　　原來，大桐被校長老師招回鶴村小學教書。大桐很高大，和仙鶴姐姐記憶裏的大桐完全不一樣，但仙鶴姐姐還是一眼認出了大桐，她脫口而出：「你長成了一棵真正的大桐樹。這下，娟草不可以再笑你是小桐樹了。」

　　大桐會心一笑，告訴仙鶴姐姐：「如今娟草這棵小小草可厲害了，到林業大學讀書了。」

　　「真的啊？！」仙鶴姐姐十分驚喜。

　　回到城裏，仙鶴姐姐來到林業大學。她沒有直接找娟草，而是和林業大學商定，來演一場《牧鶴女孩》。

　　《牧鶴女孩》給娟草帶來了驚喜，更讓娟草堅定了信念：回到扎龍濕地，做一個出色的牧鶴女孩。

# 3

音樂劇《牧鶴女孩》結束之後，那一幕幕場景定格在了娟草的心裏，激發她更加用心地讀書。

娟草是在濕地上長大的女孩，而濕地是鳥的天堂，娟草從小就認識各種鳥兒，她不僅喜歡丹頂鶴，也喜歡其他的鳥。這份獨特的生活經驗，促使她寫了一系列關於濕地上的鳥的文章，發表在了校刊上，轟動了整個校園。

娟草用了兩年半的時間學完了全部課程，提前畢業。

那是一個春天的早晨，娟草告別城市，回到朝思暮想的扎龍濕地。

冰消雪融，濕地上鋪滿了青草，叢叢蘆葦沐浴着陽光，吐出新抽的綠葉。去南方越冬的鳴禽大多歸來，天地間，鳥鳴聲不絕於耳，尤其響亮的是丹頂鶴的叫聲。

聽到鶴鳴聲，娟草感到分外親切，快步向鶴場走去。

遠遠地看到空中飄動的信號旗，那是鶴場的標誌。娟草真切地感到自己回家了，回到濕地，回到鶴場，回到了丹頂鶴身邊。

恰好鶴場在放飛丹頂鶴，一羣羣丹頂鶴搧動着翅膀鳴叫着，牠們一會兒飛散，如一個個白點灑在蔚藍的天幕上；一會兒又聚攏簇擁在一起，如一朵巨大的白花綻放在藍天裏。娟草停住腳步，仰望這羣丹頂鶴，牠們朝着娟草的頭頂飛來，「呼啦啦」一隻接一隻輕盈

飄下，如潔白的花瓣一片片落在娟草的腳邊，把娟草圍在了中間。

娟草沒想到，丹頂鶴們用這麼優美的姿態歡迎她。娟草興奮得展開雙臂。丹頂鶴隨着娟草的手勢，紛紛騰空而起，飛到高高的藍天上。

爸爸和鶴場的叔叔們站在鶴場門口，迎接從大學歸來的娟草。

娟草與鶴場的叔叔們一番寒暄後，就和爸爸來到黑水晶和黑豆身邊。

黑豆長得高大又帥氣，和當年的黑水晶一個模樣，看起來很活潑，眼睛裏閃爍着歡喜的光芒，而黑水晶一副心事重重的樣子。娟草隨手把一捧魚撒在水盆裏，黑豆伸出尖嘴扎下去啄魚。黑水晶卻不動，久久地凝望着娟草。

娟草問黑水晶：「你還認識娟草姐嗎？」

黑水晶仰起頭叫了兩聲。

爸爸告訴娟草：「黑豆早已經是成鳥，可以和雌鶴配對繁殖幼鶴了。可牠和黑水晶一個脾氣，看不中鶴場裏的單身雌鶴，得把牠放回大自然。可黑水晶太靈，整日惴惴不安，寸步不離地守住黑豆。你回來得正好，得想法把牠們分開。」

娟草點點頭。

半個月前，爸爸嘗試過放飛黑豆。黑水晶不停地鳴叫，讓黑豆盤旋在鶴場上空，久久不忍離去。

娟草決定把黑水晶和黑豆先分開，在牠們身邊各放一隻小鶴陪伴。

黑水晶壓根兒不理睬同居一室的小鶴。而黑豆對小鶴產生了興

趣，追着攆着小鶴跑。

　　幾日後，娟草把黑豆帶出了鶴場，來到離鶴場很遠的草地上。

　　娟草讓黑豆起飛，黑豆繞着娟草優雅地轉了幾圈，然後，一伸腿，展翅飛向了藍天。

　　娟草久久凝望，直到黑豆徹底消失在視野裏。

　　娟草放飛了黑豆，回到鶴場。

　　黑水晶佇立在鶴舍裏，一聲不吭，只是仰着細長的脖頸凝望。

　　娟草撫摸着黑水晶的丹頂，對牠說：「對不起，黑豆被我放走了。我知道你會傷心，但黑豆在野外可以找到牠心愛的雌鶴，會過得很快樂。」

　　娟草相信，黑水晶會一天天快樂起來的。

# 第十章

—— 青蘆葦

# 1

　　沒想到，從林業大學畢業後回到扎龍濕地才半個月，娟草就收到了江蘇鹽城濕地保護區的邀請，請她到鹽城濕地養鶴。

　　娟草驚喜萬分。

　　當年，鶴娃飛往鹽城濕地越冬，娟草就對那片濕地充滿了嚮往。她從《濕地上的丹頂鶴》這本書裏第一次了解了鹽城濕地，後來，娟草又從書上更深入地認識了鹽城濕地：它靜臥在中國東部的海岸線上，和扎龍濕地一南一北，都是丹頂鶴的棲息地。

　　爸爸以及鶴場的叔叔們已經在丹頂鶴的繁殖地扎龍濕地孵化了一批又一批丹頂鶴，建起了一個不遷徙的丹頂鶴種羣。娟草想在丹頂鶴的越冬地鹽城濕地也進行人工孵化丹頂鶴的試驗，也建立一個不遷徙的丹頂鶴種羣。如果能成功，這將是另一個重大的突破。娟草決定接受鹽城濕地自然保護區的邀請，但心裏有着無盡的不捨。

　　娟草在外讀書，爸爸天天想着，天天盼着，終於把娟草盼回家了。僅僅半個月，她又要走了，還要去那麼遙遠的地方。爸爸實在掩飾不住心裏的不捨。娟草看到爸爸不捨的目光，沒有勇氣離開了。

　　夜晚，爸爸在鶴場值班，娟草獨自在家，坐在門前的小河邊，悶悶不樂地仰望天空，耳邊響起爸爸的話：「媽媽在天空，娟草笑，媽媽就笑，娟草哭，媽媽就哭。」

　　娟草立馬朝着夜空微笑。

大桐在自家的窗口，看到月光下發呆的娟草，知道娟草糾結了。他走到河邊，輕輕地對娟草說：「想去鹽城濕地就去吧。」

　　娟草歎口氣：「我不忍心再次離開爸爸。」

　　「還有我們在你爸爸身邊，我們一定幫你照顧好你的爸爸。」大桐說着伸開雙臂，又開腿，擺出一個「大」字，「你看，我現在是一棵真正的大桐樹了。」

　　娟草忍不住「噗嗤」笑了，這一笑，心情放鬆了許多，她決定去鹽城濕地。

　　翌日，娟草走進鶴場，看到黑水晶，想到了自己對牠的承諾，又猶豫了。她在一座座鶴舍間徘徊着，舉棋不定。爸爸走過來對她說：「你已經在扎龍濕地與我一起成功地進行了人工孵化丹頂鶴的試驗。你如果能在南方的鹽城濕地再人工孵化丹頂鶴，然後建立起一個不遷徙的丹頂鶴種羣，那將是一件了不起的事。爸爸支持你去。」

　　娟草看着爸爸。

　　爸爸故作輕鬆地說：「我還沒老，身子骨硬朗着呢，你就放心地去吧，去做你自己想做的事兒。」

　　爸爸的支持，讓娟草最終決定接受鹽城濕地自然保護區的邀請。

　　臨行前，娟草去了鶴場。

　　站在水灘邊的黑水晶向娟草走來，娟草把臉依偎在牠柔滑的羽毛上，愧疚地說：「娟草姐對不起你，娟草姐又要走了，去南方的鹽城濕地。」

　　黑水晶不吭聲，用尖尖的嘴輕柔地啄着娟草漆黑的頭髮。娟草

流淚了，她怕自己心軟，趕快告別了黑水晶，離開了鶴場。

娟草回到家，見爸爸用棉花把鶴場家養的三隻鶴蛋包了一層又一層，爸爸對娟草說：「這樣既能保暖，又防碰撞。」

第二天，娟草把爸爸包裹的鶴蛋放在紅包裹，她抱着紅包，告別了來火車站送別的爸爸，獨自坐上了去南方的火車。

在火車上，娟草不敢把包放到牀底下，怕被火車的顛簸震壞了。她小心翼翼地把包摟在懷裏，一刻不敢鬆手。

三隻鶴蛋待在娟草溫暖的懷裏，隨着娟草一路遠行。

夜深了，車廂裏的乘客都睡下了。「哐噹」「哐噹」，車輪撞鐵軌的聲音，在深夜顯得格外響亮。娟草很睏，但她怕睡着了，一不小心壓碎了懷裏的三隻鶴蛋。她不敢睡去，實在睏了，打個盹，立馬驚醒。

這是一次長途跋涉，坐火車一路顛簸到南京，再從南京坐長途汽車一路顛簸到鹽城，又從鹽城坐公共汽車一路顛簸到海邊小鎮。

娟草抱着三隻鶴蛋走下汽車，腳落在海邊的小鎮，已是三天後的黃昏了。她在路上歷經三天三夜，幾乎沒合眼，人累得輕飄飄的，腳都站不穩，晃了一下，她下意識地把懷裏的三隻鶴蛋摟緊。自然保護區的許叔笑呵呵地說：「海邊人很淳樸很友好，沒有人搶你的錢包。」

「這裏裝的不是錢，是三隻鶴蛋。」娟草告訴許叔。

「甚麼？」許叔一臉驚訝，「一路上，你就這麼摟在懷裏？」

「嗯。」娟草點點頭。

「這可是你帶給我們自然保護區最珍貴的禮物，謝謝你！」許叔

由衷地感歎着，「怪不得省裏的專家們都推薦你來我們保護區進行人工孵化丹頂鶴的試驗，建一個不遷徙的丹頂鶴種羣。我們猶豫過，一個女孩能行嗎？今天，你把三隻鶴蛋摟在懷裏一路抵達保護區，我就放心了，你一定行。」

娟草羞澀地笑了。

放眼看去，小鎮兀立在一片空闊的大地上，四周空茫茫的。娟草看到男人們肩上扛着漁網，女人紮着色彩鮮豔的頭巾，背着魚簍。他們踩着夕陽，前前後後踏進小鎮。娟草聞到水汽，海風裏夾着一股潮濕的腥味氣息，她感到自己來到了一個完全陌生的地方。

娟草隨許叔穿過落滿夕陽的大街小巷，來到小鎮東頭，那裏坐落着一排紅瓦房。娟草走進一間房，把抱在懷裏的紅包小心翼翼地放在牀上，她隨後躺下，便在異鄉的小鎮深深地沉入了睡夢裏。

當她醒來，太陽已經從東方的海面冉冉升起，溫柔地沐浴着整座小鎮。

娟草走出保護區的紅瓦房，走進小鎮。

娟草沿街走，一路觀看小鎮的風景。街道兩側是屋脊尖尖的房屋，一間挨着一間面街而立，大多是店鋪：藥店、理髮店、燒餅店、茶社、布店、雜貨店……店鋪插着的木門大多沒有打開，倒是路邊攤顯得熱熱鬧鬧，木盆和水桶沿街擺放，裏面盛放着魚蝦、鮮蟶、烏賊、蛤蜊、螃蟹……

「姑娘，你從哪裏來？」一個紮綠頭巾的嬸子熱情地招呼着。娟草奇怪她怎麼認出自己是個異鄉人。嬸子直言不諱：「姑娘，你長這麼白淨，肯定不是我們海邊人，你看我們海邊人，個個都被海風吹得

又黑又紅。」

娟草笑笑，告訴嬸子：「我從一個很遠的地方來，那是丹頂鶴的第一故鄉。每到秋天，丹頂鶴從我的家鄉飛到你們這兒來，到了春天，丹頂鶴又從你們這兒飛到我們的家鄉去。」

「你在自己的家鄉就能看到丹頂鶴，何苦跑這麼遠來看丹頂鶴呢？再說，現在丹頂鶴都已經飛到你們家鄉去了。」

娟草擺擺手說：「我不是來看丹頂鶴的，我是來養丹頂鶴的。」

「這女孩是來養丹頂鶴的！」嬸子這一嚷嚷，街頭擺攤做買賣的人都抬頭看娟草，紛紛議論起來：「丹頂鶴還可以家養嗎？」

「一個女孩家會養丹頂鶴嗎？」

「丹頂鶴養在哪兒？」

娟草笑呵呵地和大家交談，告訴他們怎樣孵化丹頂鶴，怎樣馴化丹頂鶴，大家的眼裏禁不住流露出對娟草的喜歡。一位奶奶拿下頭上的藍頭巾，心疼地紮到娟草的頭上：「姑娘，這兒的海風野，要紮頭巾擋風。」

個頭高挑紮黃頭巾的嬸子笑話奶奶：「你這頭巾都褪色了，不能給人家姑娘紮。人家這麼漂亮的姑娘要紮漂亮的頭巾才搭配。」繼而一拍身邊紮着紅頭巾的圓臉女孩，「阿珠，回家把姑姑從城裏買來的另一條紅頭巾拿來給這姐姐紮。」

阿珠一閃身，消失在巷口，眨眼間，抓着紅頭巾又從巷口飛快跑出來，直接衝到娟草面前，抿嘴一笑，把頭巾送給了娟草。

「謝謝小妹妹，我紮奶奶給的藍頭巾就行了。」

「阿珠姑姑說得對，漂亮姑娘要紮漂亮的頭巾。」奶奶從阿珠手

裏接過紅頭巾，幫着娟草紮在頭上。

大家看着娟草紮上紅頭巾，個個誇好看。

娟草被海邊人的熱情深深打動了，那一刻，她覺得不管有多難，一定要在這兒建一個不遷徙的丹頂鶴種羣，讓這兒的人一年四季都能看到美麗的丹頂鶴。

娟草戴着紅頭巾回到保護區。許叔看到娟草，哈哈大笑：「一到這兒就紮上了頭巾，哈哈。」

「是奶奶嬸子們偏要給我紮條頭巾。」娟草露出一絲羞澀。

許叔告訴娟草：「我們這兒的女人都喜歡紮頭巾擋海風。今天，我看到你臉上的笑容，我就放心了。昨晚，我愁了一夜，感到對不住你。這兒的自然保護區剛剛成立，日子很艱苦。我們這兒沒有人飼養過丹頂鶴，一點經驗沒有，一切都靠你了。我給你找個女孩做伴，她叫阿珠。」

隨後，紮着紅頭巾的女孩一臉陽光地跑了出來。太出乎娟草意外，竟然就是那個給她拿來紅頭巾的女孩。

許叔看着她倆感歎着：「看樣子你們天生有姐妹緣，頭巾顏色都是一樣的。」

阿珠親熱地抓起娟草的手，笑嘻嘻地說：「這是我姑姑專門給我倆準備的頭巾。剛剛在街頭我沒告訴你我要陪伴你，是想給你一個驚喜。」接着，阿珠很好奇地問：「聽許叔說你從扎龍自然保護區帶來三隻鶴蛋，我想看看。」

娟草帶阿珠走進紅瓦房，阿珠看到了三隻被棉花包裹了一層又一層的橢圓形的白球，疑惑地問：「這裏面就是鶴蛋嗎？」

「是啊，牠們隨我在路上顛簸了三天三夜才到達這裏，我爸爸怕鶴蛋被打碎，出門前，用棉花層層包裹。在這兒，牠們將孵化出小鶴。」

「就在這間屋裏孵化小鶴嗎？」

「不是，要到濕地的鶴場去孵化小鶴。」

「濕地上沒有鶴場，只有一間廢棄的哨所。」

「甚麼？難道這兒沒有鶴場嗎？」娟草緊張了，忙對阿珠說，「你現在就帶我去濕地看看。」

阿珠帶着娟草走出海邊小鎮，一腳踏入了綠草灘。

草灘空茫茫，沒有一個人影。走了很久，眼前橫出一條大堤，堤很高，上面長着高聳的杉樹，直戳藍天。娟草隨阿珠爬上了大堤，堤外風光完全不一樣，萬頃灘塗，一望無際，真正是荒無人煙，人跡罕至，一派原始荒涼的景象。

阿珠指着不遠處一座如炮樓樣的房屋：「娟草姐，那就是哨所。這兒曾經駐紮過部隊，幾十里外有座空軍機場。哨所是多年前空軍部隊建的，軍人在荒涼的灘塗上設靶，飛機飛到這裏來打靶。過去，哨所的上空就是飛機航線，朝東向着大海航行，如今航線向西了，這兒就來了成羣的鳥，成了鳥的天堂。」

娟草隨阿珠走下了大堤，走進長滿蘆葦的灘塗，向哨所走去。

哨所早已廢棄了，牆壁斑駁，可它是這片萬頃灘塗上唯一的建築物。娟草推開鏽跡斑斑的鐵門，走進屋，感到屋裏有一縷光亮，好似從頭頂傾瀉而下。娟草抬頭順着光看，看到牆角有一座木質的樓梯，很陡，很窄，幾乎是直豎着。光是從二樓的一扇窗戶裏漏進

來的，順着樓梯口灑下，一直漏到一樓。

阿珠指着樓梯説：「娟草姐，上面有一架望遠鏡，保護區的人就是從這兒觀察天空的鳥。」

「這樓梯真陡。」娟草一腳踏上樓梯，阿珠在身後叮囑着：「娟草姐，你要緊緊抓着扶手慢慢爬。」娟草小心翼翼地往上爬，爬到二樓，已經緊張得一身汗了。

二樓和一樓一樣狹小，但亮了許多，有一扇玻璃窗，窗口架着高倍望遠鏡。娟草把望遠鏡的鏡頭推到窗口，從鏡頭裏，娟草看到綠色蘆葦的上空飛着成羣的鳥兒，有海鷗、翠鳥、白鷺……娟草明明知道這個時節，丹頂鶴已經飛回她的家鄉扎龍濕地了，但她仍然期盼着從鏡頭裏看到潔白的丹頂鶴。尋找了半天，娟草沒有看到一隻丹頂鶴的影子。

從哨所裏出來，娟草一聲不吭地隨着阿珠往小鎮走，一路上，娟草都在琢磨三隻鶴蛋在這裏怎麼進行人工孵化。阿珠倒是熱情地説這説那，説這兒最早是因為黃河和長江在這兒入海，攜帶了大量的泥沙沉積出了這片濕地。説這片濕地北窄南寬，灌河、中山河、射陽河都是流經濕地到大海去的。

娟草心不在焉地問阿珠：「這裏的河很多嗎？」

「這兒河很多，夏秋雨水多，風暴潮多，灘塗上時常颳颱風、龍捲風，下暴雨、冰雹。」

原本娟草看到這片濕地如此荒涼，心已經涼了半截。經阿珠這麼一説，娟草的心徹底涼了。她感到自己沒有勇氣待在這片荒無人煙的濕地上。她回到小鎮，看着三隻鶴蛋，心中一片茫然，嘀咕着：

「我千里迢迢把你們帶到這兒，我怎麼把你們孵化出來？」

娟草想到了爸爸，想到了大桐和村裏的夥伴們，想到了扎龍濕地的鶴場，想到了林業大學，想到了音樂劇《牧鶴女孩》，她給自己鼓勁兒，告誡自己：「我就是來鹽城濕地孵化飼養和馴化丹頂鶴的。不管多困難都要挺過去，一定不能掉頭回家。」

午後，娟草徵得保護區領導的同意，帶着阿珠和鎮上的兩個年輕人一起來到濕地，在哨所的周邊動手建鶴場。他們一起剷除哨所四周的荒草，築出一條通往土堤的路，便於行走。然後，在哨所門前搭建了一座茅棚做育雛室。

扎龍濕地有孵化箱進行人工孵化，這兒甚麼都沒有。娟草請兩個年輕人在育雛室的茅棚裏砌火炕（一種可以燒火取暖的牀）。南方的冬天不用火炕，兩個年輕人不會砌火炕。北方人家都有火炕，但娟草沒有動手砌過，只有看爸爸砌火炕時留下的一些印象。娟草比畫給兩個年輕人看，他們共同商討着，一起摸索砌出了火炕。誰知火炕倒煙，弄得屋裏盡是煙霧，嗆得人睜不開眼睛。無奈，只好把忙碌了兩天砌好的火炕拆了重砌。

火炕重新砌好後，娟草急忙點燃了葦草，這次火炕暖和了。娟草和幾個年輕人忙碌得渾身汗淋淋的，顧不上擦，咧開嘴笑了。

接着娟草在哨所前選了一片淺水灘，供幼鶴們洗澡，捕魚，吃蘆根、螺螄、小魚小蝦。她在四周紮了籬笆把水灘圈了起來，籬笆留着一道門，築條路直通茅棚。路兩側又紮上籬笆。這樣，等到幼鶴出生，牠們可以安全地在茅棚和淺水灘間走動。

忙碌了一個星期，終於在這片荒無人煙的濕地上初建了一個小

小的鶴場。

娟草沒讓自己喘口氣，又忙着把哨所給整理出來，她讓人從小鎮拖來一張木板牀和一些油米柴火。她要在荒無人煙的濕地上，陪着鶴蛋安營紮寨了。

等一切都忙好了，娟草回到小鎮的自然保護區宿舍，把三隻鶴蛋摟在懷裏，運到濕地，小心翼翼地放在火炕上。

天黑了。

哨所裏沒有電，娟草點了一根蠟燭，坐在燭光下給爸爸寫信：

爸爸：

　　您好！

　　一轉眼，我來到鹽城濕地已經十天了，它比我想像的更加荒涼，這兒是一片真正的灘塗，蘆葦叢生，人跡罕至，沒有炊煙。

　　其實，這兒沒有鶴場，只有一座觀察樓。那是多年前空軍部隊打靶遺留下的一間哨所。我們在哨所旁建了一個小小的鶴場，還砌了火炕，三隻鶴蛋就放在火炕上孵化小鶴。

　　門外的海風呼嘯着掠過灘塗，吹得蘆葦瑟瑟作響，外面好像在下雨。我不清楚自己能不能有足夠的勇氣待下去，面對這份荒涼，面對這份寂寞。

　　當我第一次走進這片沒有煙火的荒涼濕地時，我想轉身回家，但看到從千里之外帶到這兒的三隻鶴蛋，我決定

不離開了。我想到了自己的夢想，想着三隻鶴蛋在丹頂鶴的越冬地鹽城濕地破殼而出、育雛成活的景象。我要在這裏圈養、馴化丹頂鶴，使牠們在越冬地繁衍生息，建立一個不遷徙的丹頂鶴種羣。

想到這個夢想，我便有了勇氣。

娟草寫到這，禁不住想家了。她趕忙擱下筆，推開哨所的門，走到門前的茅棚裏。她看着帶來的三隻鶴蛋，豎起耳朵貼着鶴蛋凝聽，卻沒有聽到小鶴們敲擊蛋殼的聲音。滿耳是海風在灘塗上的呼嘯聲，遠處海潮的狂吼聲，在這漆黑的夜裏交響迴蕩。

娟草走出育雛室，在夜空下站着，極目遠眺，這片空闊的灘塗濕地，除了哨所裏的一縷燭光，沒有一絲光亮。

娟草重新向哨所走去⋯⋯

# 2

　　娟草在荒灘上守着三隻鶴蛋，靜靜等待着幼鶴破殼而出。

　　等待中，遭受太陽曬、海風吹，娟草白淨的皮膚很快黑了一層，只要娟草不開口説話，已經看不出她是一個異鄉人。

　　天氣漸暖，太陽白花花地灑在灘塗濕地上，各種植物受到充足的日光照射，長得生機勃勃，一片油綠。尤其是蘆葦躥得又高又密，似乎是密不透風，厚厚一團，一眼看去，猶如一汪綠色的海，海風一吹，綠浪翻滾。

　　多少個日夜的守候與等待，一天早晨，一隻蛋殼裏面傳出「篤」的一聲，輕得比一片羽毛落在地上還輕，可這一聲又是那麼雄壯，雄壯得可以穿過雲霄，這預示着一個新生命的誕生，預示着鶴蛋在丹頂鶴的越冬地孵化成功。娟草怦然心動，豎起耳朵聆聽着，相隔一會兒，其他兩隻鶴蛋也發出最初的一聲「篤」。

　　小鶴要出殼了，娟草守着火炕，一步不敢挪動。三隻小鶴啄蛋殼的聲音漸漸響起，此起彼伏，「篤」「篤」「篤篤」……這聲響響了一整天，三隻鶴蛋相繼出現了一個小洞眼，洞眼越開越大，最終「咔嚓」裂開，小鶴先後破殼而出。

　　娟草無比欣喜，喚牠們叫青青、蘆蘆和葦葦。

　　小鶴很容易夭折，娟草守在火炕前，仔細觀察三隻小鶴。

　　一個星期後，娟草帶着青青、蘆蘆和葦葦走出育雛室，來到門

前紮着籬笆的一灣淺水灘裏洗澡。青青、蘆蘆和葦葦站在水裏，第一次看到水裏的影子，不知是欣喜還是驚恐，不停地叫。

娟草看着三隻活潑可愛的小鶴，高興得唱起歌來，歌聲飄蕩在空闊的濕地上，傳出去很遠很遠。

阿珠從小鎮過來，老遠就聽到了娟草的歌聲，她飛快地跑來：「娟草姐，這是你來我們鹽城濕地後第一次唱歌，你終於開心了。這些日子，你過得太苦太冷清了。」

娟草搖搖頭，指着水邊的小鶴：「我不冷清，有這三隻小鶴的陪伴，一切都很美好。我們一起把牠們餵養大，讓牠們飛上藍天。」

「牠們一旦會飛，飛出去還會飛回來嗎？」阿珠很是擔心。

「會啊。我的家鄉扎龍濕地上有一隻丹頂鶴叫黑水晶，可靈了，我讓牠往哪兒飛，牠就往哪兒飛。牠會向客人鞠躬，跳踢踏舞，唱和聲……」

阿珠聽得入迷了。

娟草對阿珠説：「我一定把青青、蘆蘆和葦葦馴化好，牠們都很活潑機靈。牠們會像黑水晶一樣，和我們心心相印的。」

每天一早，娟草帶着小鶴出門遠行。她要讓牠們熟悉這片空闊的灘塗濕地，走得一天比一天遠。一路上，娟草和三隻小鶴一同玩耍，和牠們一起徜徉在河水裏，帶牠們洗澡，帶牠們捕魚捉蝦。

娟草十分愛這三隻小鶴，尤其偏愛葦葦。葦葦走路與眾不同，總是跳着走，只要有一點兒聲響，牠就鳴叫，一跳一跳地來到娟草身邊，尋求保護，娟草喚牠「膽小鬼」。

一天，娟草感到有點熱，把繫在頭頂遮海風的紅頭巾拿下來，輕輕搭在肩上，蹲着身子給青青、蘆蘆和葦葦餵魚。葦葦沒有吃，調皮地叼起娟草肩上的紅頭巾，歡快得一蹦一跳，逗得娟草捧腹大笑。

娟草帶着青青、蘆蘆和葦葦在空闊的濕地上玩耍、奔跑、練翅、覓食。一晃，滿眼的蘆葦都齊到肩頭，萬頃荒灘，碧波蕩漾。

一個明媚的日子，娟草帶着三隻小鶴才出門一個小時，就抱着葦葦，領着青青和蘆蘆急匆匆地回到哨所。

阿珠見娟草一臉凝重，估計葦葦出事了，連忙問娟草：「葦葦怎麼啦？」

「葦葦在水邊誤吃了一條寄生蟲，疼得當即就倒下了。」娟草把懷裏的葦葦遞到阿珠手裏，她打開從扎龍濕地帶來的藥箱，翻出藥物，很果斷地給葦葦打止疼針。

葦葦好似沒有那麼疼痛了，甦醒了，但開始拉痢、拉血。

娟草是一個十分愛乾淨的姑娘，可為了救葦葦，她顧不上乾淨。她把葦葦帶到哨所裏照料，整天吃不香，睡不着，日夜守護着、觀察着葦葦的病情。

娟草的辛苦沒有白費，葦葦的病終於好了。娟草把葦葦送回鶴舍，這才騰出手來打掃哨所。等一切忙完了，娟草累得撑不住，等不到天黑就倒在牀上睡着了。

娟草夢到一片低矮的蘆葦，中間有塊乾鬆的地，高出蘆葦一截。娟草躺在地上，仰望天空，看鳥，看雲，看太陽，看藏在天空裏的媽媽。忽然，響起了「呼啦呼啦」聲，低矮的蘆葦開始瘋長，瞬間，把她身下的高地淹沒了，遮蔽了她的視線。娟草看着高大的

蘆葦，感到莫名的害怕，她趕快起身跑，可惜胳膊和腿動彈不了，整個身子被草地給吸住了。

蘆葦外，傳來了大桐和阿珠的呼喊聲：「娟草——」

娟草想回應他們，但喊不出聲，急得心疼。她掙扎着，努力扭動身子，抬腿，抬胳膊，可就是一動不動。

夢魘住了娟草。

娟草終於從夢裏掙扎醒來，發現自己躺在鹽城濕地的哨所裏，屋外傳來青青、蘆蘆和葦葦的鳴叫。

窗外的太陽已經高高升起，娟草趕快起牀，走出哨所，看到阿珠已經從小鎮來了，她嗔怪阿珠：「你怎麼不叫醒我啊？」

「你太累了，我捨不得叫醒你。」

娟草真是累了，雖説睡了很久，身子依舊疲軟。

天氣漸漸熱了起來，濕地上蘆葦密佈，水窪多更容易滋生蚊蟲。白天，蚊蟲大多躲在蘆葦叢裏，到了晚上，蚊蟲紛紛飛舞，多得撞臉，伸手一抓，就是一把。蚊蟲把娟草咬得臉上、腿上、手上，沒有一處好地方，遍體是紅疙瘩，不少地方都化膿了。娟草怕小鶴被蚊蟲叮咬感染生病，竟然把牠們帶到牀上，和她共用一頂蚊帳。

娟草又怕小鶴在炎炎夏日裏熱出病來，用木桶盛了河水放在哨所裏，讓小鶴待在水桶裏降溫。

只要下雨，娟草就用木盆接雨水留着給小鶴喝。因為鹽城濕地的水鹹，娟草總是想方設法讓小鶴能喝上足夠的淡水。阿珠從家裏帶來雞蛋給娟草滋補身體，可娟草炒的雞蛋，自己捨不得吃，都省

給三隻小鶴吃。

　　娟草的心裏和眼裏盡是三隻小鶴，期盼牠們儘快長大，飛上
藍天。

**3**

　　一天，娟草帶着三隻鶴出門散步，白花花的太陽躲在一片烏雲後面，天黑了下來，娟草趕忙帶着小鶴回哨所。半路上，雨嘩嘩而下，三隻小鶴驚得直叫。娟草一把抱起蹣跚的三隻小鶴，飛快地往哨所跑。

　　一路上，雨水把娟草淋得個透濕，這讓娟草想起當年帶着鶴娃遭到暴風雨的情景。那次，自己病了，鶴娃也病了。這次，娟草告誡自己：小鶴們不能生病，自己更不能倒下，一旦病了，誰來照料牠們？

　　颱風從海面席捲而來，吼叫着，翻滾着。風力強勁，整片蘆葦在風中倒伏，風好似要把蘆葦連根拔起。娟草頂風前行，懷中的三隻小鶴嚇得「咕咕」直叫喚。

　　娟草和小鶴回到哨所，立馬關上門。

　　可颱風從門縫、窗戶縫和牆縫往裏竄，鑽到哨所裏，發出「嗚嗚」的鳴叫聲，吹得狹窄的樓梯不停地抖動。隨後，暴雨如注，傾盆而下，砸得茫茫蘆葦匍匐倒地。接着下冰雹了，門和窗戶發出「咣噹咣噹」的聲響。娟草爬上二樓，透過望遠鏡往外看，雨和冰雹太密集，眼前是白茫茫的一片，根本分不清暴雨和冰雹。

　　哨所在風雨中哆嗦，娟草和三隻小鶴在哨所裏哆嗦。

　　颱風太野，在灘塗上肆無忌憚地狂吼，冰雹和暴雨太任性，在

這片濕地上橫砸豎砸，風和雨盡情宣泄一番後，突然停息了，靜得沒有一絲餘音。

娟草深深舒口氣，推開哨所的門，看到辛辛苦苦建起來的茅棚被吹跑了，圍在淺水灘前的籬笆被吹跑了，跑得無影無蹤。遠遠近近的蘆葦大片大片倒伏了，到處一片狼藉。

這片濕地到底是甚麼天氣？這裏能建起不遷徙的丹頂鶴種羣嗎？娟草很是擔憂。

阿珠和許叔匆匆趕來。看到娟草安然無恙，許叔激動得緊緊抓着娟草的手：「這裏的灘塗多天災，讓你獨自留在荒灘上養鶴，實在對不住你。」

阿珠哭着說：「我剛走到小鎮，颱風就來了，一陣強過一陣，颳飛了不少房頂。接着暴雨和冰雹直砸下來，實在太快。大家的心揪緊了，想到你和小鶴，都想儘快來灘塗上接你們回小鎮。」

許叔說：「這場災難給了我們一個警醒，我們一定得徹底維修這間哨所，該申請資金建一個大的鶴場了。」

天災之後，自然保護區立馬派人加固了哨所，重新建起了鶴舍。

娟草和青青、蘆蘆和葦葦共同經歷了這場天災後，彼此感情更深了，幾乎形影不離。

每天早晨，娟草都帶着他們來到開闊的濕地上練跑。跑了一天又一天，青青、蘆蘆和葦葦在娟草的帶領下，開始學習飛行。終於有一天，牠們一展翅膀飛向了藍天。看着牠們飛行在空中，娟草欣慰的淚水瞬間模糊了雙眼。

娟草一路帶着三隻鶴蛋，跋涉幾千公里，歷經三天三夜的顛

簸，來到荒涼的南方灘塗濕地。娟草在這荒無人煙的濕地上砌火炕孵化丹頂鶴，經歷了許多的日日夜夜。她精心照料和養育着幼鶴，對牠們進行野外馴化，三隻丹頂鶴終於飛向了藍天。

這件事情傳開了，海邊小學的孩子們在老師的帶領下，來到濕地哨所觀看人工孵化飼養的丹頂鶴。娟草帶着青青、蘆蘆和葦葦站在哨所門前歡迎海邊的孩子們。當孩子們看到丹頂鶴時，歡騰了起來。

青青、蘆蘆和葦葦從未見過這麼歡騰熱鬧的場面，驚恐不安，「嘎嘎」直叫。尤其是葦葦，嚇得一跳一跳躲到娟草的背後。娟草撐開雙臂揮舞着，青青、蘆蘆和葦葦看到這個手勢，撲騰着飛上天空，飛着，飛着，怡然自得了。

孩子們仰望天空，一片雀躍。

娟草朝空中招手呼喚，三隻丹頂鶴撲騰着落在娟草的腳邊。牠們不再慌張。孩子們嘰嘰喳喳地問這問那，娟草耐心解答着。她告訴孩子們，三隻丹頂鶴是怎樣孵化出來的，牠們有着怎樣的生活習性。最後娟草對孩子們說：「丹頂鶴是瀕危物種，我們都要熱愛丹頂鶴，熱愛野生動物，熱愛生命，熱愛大自然。」

娟草的話深深打動了海邊的孩子們，他們紛紛舉手，要和娟草約定，做一個保護野生動物的孩子。

回到學校，孩子們自動分組，每天帶着新鮮的魚蝦，輪流結伴來到鶴場，幫娟草餵養人工孵化的三隻丹頂鶴。

青青、蘆蘆和葦葦很快就喜歡上了孩子們，看到孩子們的身影，牠們就紛紛亮翅，嘎嘎叫喚，表示友好。娟草看到海邊的孩子們和丹頂鶴建立了友誼，從心底裏感到歡欣，忍不住寫信和爸爸分

享心中的喜悦。

　　沒等娟草的信寄到家鄉，遠在家鄉扎龍濕地的爸爸和鶴場的叔叔們已經在報紙上看到一則好消息：「一個女孩從丹頂鶴的第一故鄉——繁殖地扎龍濕地，帶了三隻鶴蛋，千里迢迢來到丹頂鶴的第二故鄉——越冬地鹽城濕地，進行孵化、飼養，馴化丹頂鶴的試驗成功了⋯⋯」

　　一位叔叔說：「試驗成功了，我們的娟草該回家了吧？」

　　爸爸說：「娟草要在鹽城濕地建一個龐大的不遷徙的丹頂鶴種羣，暫時不能回家，她還得留在那兒。」

　　其實，爸爸的心天天都懸着，怕娟草冷清，怕娟草有個甚麼閃失。但爸爸寫信讓娟草安心待在鹽城濕地工作，爸爸期待她的下一個好消息。寫好信，封好信封，然後去二十里外的小鎮寄出。信在路上輾轉了十多天來到南方的海邊小鎮，再由阿珠從小鎮帶給濕地上的娟草。

　　阿珠手裏揮舞着信，還沒到哨所就嚷開了：「娟草姐，這是從扎龍保護區寄來的信，一定是你爸爸寄來的。」娟草迎了上來，接過阿珠手裏的信，果真是爸爸的筆跡。

　　娟草跑回哨所，坐在門檻上靜靜地讀信。

　　　娟草：

　　　　爸爸看到報紙了，看到你的照片登在報紙上，一臉的
　　　笑容，爸爸就放心了。

　　　　你在鹽城濕地成功孵化、養育和放飛了丹頂鶴。爸爸

真的非常開心。

　　家裏很好，你放心地留在鹽城濕地上做你想做的事兒，爸爸一定支持你。

　　扎龍濕地這邊的鶴場很好，黑水晶也很好，幾乎不要脾氣了，但餵食還必須得我餵，雖說對誰都不親熱，但已經不啄人了。牠好似知道你去了遙遠的南方，常常仰着脖子對着南方鳴叫。

　　我希望黑水晶重返大自然，讓牠飛到南方鹽城濕地，飛到你的身邊，給你做個伴兒。

　　你安心在鹽城濕地工作，爸爸期待你的下一個好消息。同時一定要照顧好自己，這才是爸爸最大的心願。

　　祝娟草好！

爸爸

　　看着爸爸的文字，聞着爸爸筆墨的味道，娟草想家了，她想回家看看爸爸，看看大桐和村裏的小夥伴，看看扎龍濕地的鶴場，看看黑水晶。可路途實在遙遠，這兒又有青青、蘆蘆和葦葦需要她的照顧，她無法離去，只得把深深的思念埋在了心底。

　　爸爸信上說希望黑水晶能來鹽城濕地越冬，這給娟草帶來無限的希望。她盼着秋天的到來，那樣就有可能見到黑水晶了。

　　秋天來了，一批批丹頂鶴開始南遷。爸爸天天催促黑水晶隨鶴群飛走。黑水晶果真遂了爸爸的心願，當最後一羣丹頂鶴飛過鶴場時，黑水晶「嘎哇」一聲衝上了天空，隨着龐大的鶴羣飛走了。

爸爸十分激動，當即給娟草寫信，告訴她黑水晶正在飛往鹽城濕地的路上。

　　娟草在鹽城濕地急切地盼望着丹頂鶴能早點飛來越冬，當看到爸爸的來信之後，她更加期盼了。

　　每天一睜眼，娟草就跑出哨所，用望遠鏡搜尋丹頂鶴的蹤影。

　　一天又一天過去了。

　　一天清晨，一縷陽光從二樓窗戶射入，照到娟草的牀上。娟草醒來，耳邊響起丹頂鶴的叫聲，漸漸地，聲音越來越響了。娟草一骨碌爬起身，爬上二樓，抓着望遠鏡搜尋。眼前一片白茫茫的丹頂鶴，牠們經過長途跋涉，終於抵達了鹽城濕地。

　　嗖——嗖——一隻隻丹頂鶴落在水邊洗去一身疲倦，稍稍休息後，牠們又飛上天空，白色的身姿在金黃的蘆葦上輕盈飛舞。一批又一批丹頂鶴落在這片荒無人煙的灘塗上，瞬間，灘塗有了勃勃生機和活力。

　　看着從家鄉飛來的一羣羣丹頂鶴，娟草感到十分親切，她的心情也隨之放晴了。她唱起歌來，只有歌聲能夠表達她此時此刻的喜悦心情，悠悠歌聲，和着悠悠鶴鳴聲，飄蕩在空闊的濕地上。

　　娟草堅信黑水晶就在這白茫茫的鶴羣裏，只是她無法看清楚。可幾天後，爸爸來信了，很遺憾地告訴娟草，黑水晶飛出去幾天，又飛回來了，幸好沒有遭到甚麼不測。

　　娟草有些失落，但這麼多丹頂鶴來鹽城濕地越冬，對娟草來説，已經是盛大的節日了。

# 第十一章 —— 鶴仙子

# 1

　　濕地上有條複堆河，很長很長，河水清澈見底，魚蝦清晰可見。丹頂鶴都喜歡到複堆河覓食，牠們低旋在河面，看到魚蝦，立馬伸出尖尖嘴去叼，然後，展開雙翅高高飛起。

　　複堆河上，經常出現一羣羣丹頂鶴，上上下下，翩翩飛舞，潔白的身姿如同盛開在河面的花朵，那是一朵朵會飛舞的花朵。

　　娟草喜歡帶着三隻鶴來到複堆河，觀察來這兒越冬的丹頂鶴，一看就是半天。累了，她就坐在河邊的蘆葦叢裏，摘一枝銀白色的蘆花放在嘴邊，蘆花蓬鬆，一吹，飛出一絲絲一縷縷的花絮。坐久了，娟草立起身，放眼看去，綻放的蘆花浩浩蕩蕩，猶如一片銀光閃閃的海洋，遠處的哨所彷彿浮在這白色海浪裏的一座燈塔。

　　這樣的哨所在深秋的寒風中讓娟草覺得特別的溫暖，她帶着三隻小鶴往哨所走去。

　　遠遠看到哨所門前的淺水灘上站着四隻丹頂鶴，一隻鶴的左腿上繫着紅腳環，娟草大叫起來：「啊！我的鶴娃。」

　　娟草朝着鶴娃一家飛奔而去，驚得腳邊的青青、蘆蘆和葦葦張開翅膀跟着跑。娟草伸手去撫摸繫着紅腳環的鶴娃。

　　站在哨所門前的阿珠看到了，趕忙提醒娟草：「當心野生丹頂鶴啄你。」

　　「牠不會啄我。牠是我很多年前養大的鶴娃，牠帶着一家子飛

來看我了。」

「真的嗎？」阿珠滿臉疑惑。

「真的。」娟草伸過手去，繫着紅腳環的丹頂鶴把尖尖的嘴伸到娟草的掌心裏，温柔地啄了一下，娟草確信真是鶴娃，喜滋滋地朝阿珠揮手：「牠真是我的鶴娃，牠真是我的鶴娃。」

看到這一幕，阿珠相信眼前的丹頂鶴真的認識娟草，這讓她感到十分震驚。

娟草把鶴娃摟在懷裏，淚水盈滿了眼眶：「謝謝你帶着大鶴和兩隻小鶴來看我。」

鶴娃仰頭鳴叫。

娟草回到哨所，拿來新鮮的小魚小蝦給鶴娃一家吃。接着，娟草把青青、蘆蘆和葦葦介紹給鶴娃一家：「牠們是我在這兒人工孵化出的三隻小鶴。」

家養的丹頂鶴和野生丹頂鶴一同站在水邊，牠們相互凝望着。

許久，鶴娃一家飛上了天空，在哨所上空盤旋一圈後，飛向了濕地深處。

娟草感到滿滿的幸福。

傍晚，娟草在哨所裏聽到一片嘹亮的鶴鳴聲：「嘎——哇——」「嘎——哇——」娟草連忙走出哨所，看到藍天下飛着十幾隻丹頂鶴，一字排開。嗖——嗖——牠們一隻接一隻落在了哨所門前的空地上。

沒多久，丹頂鶴一羣接着一羣飛來了。牠們凌空而下，利落收翅，單腿獨立。瞬間，哨所門前白茫茫的一片，醒目耀眼。

一會兒，又飛來幾隻丹頂鶴，牠們把整個身子平鋪在空中，直直滑翔過來。「唳——唳——唳！」牠們輕盈地落下以後，高抬着頭，邁動修長的雙腿，按着同一節拍、同一姿勢行走着，真是妙態絕倫，繼而牠們單腳獨立，紋絲不動。

片刻工夫，其中一隻丹頂鶴忽然展翅，腳尖輕輕一點，「呼啦」一旋轉，驚動了整個鶴羣，鶴羣飛舞散開，輕盈活潑地扭動細長的脖子，相互逗趣，飄逸的身姿如行雲流水，舒展自如，百般嫵媚。牠們忽而幾排一起轉身，忽而聚集在一起，起起落落，翩翩起舞。牠們左右交錯着，上下盤旋着，萬千姿態展開在娟草面前。

娟草被眼前的美景迷住了。

這一羣羣丹頂鶴好似相約而來，專門來給娟草表演一場驚艷絕倫的舞蹈。牠們盡情地跳着，舞動着，然後一展翅膀，呼啦飛走了。

娟草感激不已，覺得自己在這荒涼的灘塗上有牠們相伴，真是太幸運了。她學着丹頂鶴的舞步蹦跳着回到哨所，興致勃勃地要和青青、蘆蘆和葦葦開一場音樂會。

阿珠帶着青青、蘆蘆和葦葦走進哨所，面對娟草站着。

娟草開始表演了：「親愛的觀眾朋友們，你們好！今天，野生丹頂鶴為我表演了精彩的舞蹈。我特別歡暢，就想為你們演唱歌曲，雖然我的觀眾只有你們，但我非常滿足和喜悅。」

阿珠把青青、蘆蘆和葦葦摟在身邊，憋不住笑了：「虧你想得出來，為三隻丹頂鶴開演唱會，我從來沒有聽說過，這真是世界上獨一無二的音樂會。」

娟草樂了，抱着吉他，邊彈邊唱，歌聲很動聽，娟草一首接着

一首演唱，中間，學着丹頂鶴鳴叫了幾聲，逗着青青、蘆蘆和葦葦跟着「嘎咕」「嘎咕」鳴叫。

葦葦調皮，和着「嘎咕」的鳴叫聲，兩隻腳兒一踮一踮跳起舞來，這可把娟草樂壞了，禁不住對着葦葦鞠躬，用英語調皮地説：「Thank you! Thank you!」

阿珠笑得腰都直不起來。

阿珠在傾聽娟草唱歌，丹頂鶴在傾聽娟草唱歌，海風在傾聽娟草唱歌，蘆花在傾聽娟草唱歌，河水在傾聽娟草唱歌，整片濕地都在傾聽娟草唱歌……

蘆花日漸飄盡，蘆葦日漸乾枯，真正的冬季來了。

下雪了。

起初，雪有米粒大，落在娟草的臉上，娟草感到有點疼。後來，米粒大的雪變成了雪片片，落在娟草的臉上，很是溫柔。娟草戴着紅頭巾，迎着風雪跑，跑着跑着，這漫天大雪勾起了娟草對家鄉的思念，她想家了。

這雪不同於家鄉猛烈的雪，下得軟飄飄的，墜落地面，雪片很快就變成了水，落在複堆河裏，轉眼就不見了。

一會兒工夫，雪就停了。娟草想，這就是南方的雪嗎？可沒隔多久，又下雪了，下得鋪天蓋地。

娟草感歎：「這才是真正的雪，和我們家鄉的雪一樣。」

傍晚，阿珠和往日一樣回小鎮的家了，留下娟草獨自待在白雪飄飄的濕地上。娟草爬上哨所的二樓，坐在窗口朝外看，雪紛紛而下，密密匝匝，一片蒼茫。

娟草一個人待在茫茫濕地上，守着漫天大雪過夜，她不覺得寒冷，反而覺得親切、溫暖，令她想起家鄉扎龍濕地下暴雪，她一個人留在鶴場過夜的情景。

那天傍晚，鶴場有一隻丹頂鶴走丟了，爸爸出門去尋找丹頂鶴。

爸爸剛出門，天空就下雪了，雪下得很急很密，房屋、冰封的

河面，很快就積了一層白雪。等到夜幕降臨，濕地上已經積了厚厚的冰雪。

這天輪到爸爸在鶴場值夜班，其他叔叔都回家了，娟草待在鶴場等爸爸歸來。娟草守在鶴場一間屋裏，朝遠處眺望。眼前只有茫茫白雪，沒有一個人影。等啊，等啊，娟草沒有等回爸爸，只等來了黑夜。

濃黑的夜色遮蔽了一切，娟草看不清雪了，那些雪片片染上夜色在舞動，它們輕盈的身影形成了一股股湧動的暗波，讓娟草真切地感受到雪在茫茫的夜色裏把整個世界給主宰了。

半夜裏，娟草聽到幾聲不安的鶴鳴聲，一驚，忙起牀推門，可門被大雪給堵住了。娟草用了很大的力氣，才把冰封的門推開一條窄縫，她看到眼前的一座鶴舍的房頂被積雪壓低了，怪不得有鶴在驚叫。

娟草衝進暴風雪，迅疾打開鶴舍，把關在這間鶴舍的兩隻丹頂鶴抱了出來，一轉身，「嘎巴」一聲，整個房頂砸了下來，鶴舍被大雪壓得坍塌了。娟草把兩隻鶴抱回屋。雖然屋裏的火炕暖洋洋的，但是兩隻受驚的丹頂鶴一直在哆嗦。娟草安撫牠倆：「沒事。過會兒就好了，過會兒就好了。」

到了後半夜，娟草實在撐不住，迷迷糊糊地睡去了。

一覺醒來，太陽已經出來了，處處綴滿水晶般的光線，銀光閃閃。兩隻丹頂鶴悠閒地在她面前走動着。窗外很嘈雜，爸爸抱着那隻丟失的丹頂鶴，踩在厚厚的冰雪上，一步一步，從遠處往鶴場走來。

昨天，爸爸出門尋鶴，一直尋了三十幾里路。爸爸沿着散落

在雪地上的人家，挨家挨戶詢問，終於在一戶人家看到了丟失的丹頂鶴。原來是丹頂鶴在雪天裏迷路了，找不到鶴場，一直飛，飛累了，落在一戶人家的門口，被這家人收留了。

爸爸在這戶人家溫暖了凍僵的身子後，又冒着風雪抱着鶴一步步往鶴場走，走到鶴場已經是第二天的早晨。

到鶴場上班的叔叔們紛紛迎了上去。

娟草看到爸爸找到丟失的丹頂鶴，「嗚嗚」地哭了，那是喜悦的淚水。

窗外的茫茫大雪，令娟草想起扎龍濕地的那個暴風雪的夜晚。忽然間，娟草擔心古老的哨所能否經受得住這場暴風雪。轉而想想，它經歷了那麼厲害的颱風暴雨，又經過維修，一定會安然無恙的。娟草不再擔憂，坐在窗口，靜靜地欣賞着窗外的大雪。

沒想到，這場雪竟然一口氣下了三天三夜，鹽城濕地整個兒淹沒在了銀白色的世界裏。這是真正的冰天雪地。風一吹，雪花隨風飄揚，在陽光下顯出一道道五光十色的彩虹。

阿珠説：「今年冬天是我們這兒少有的冷冬。」

丹頂鶴千里迢迢來這兒越冬，牠們是來尋找溫暖的，可這番冰天雪地，複堆河結冰了，冰封的河面上鋪滿了雪。放眼看去，一望無際的濕地到處是千姿百態的雪堆，構成了一個冰清玉潔的世界。丹頂鶴到哪兒去捕捉魚蝦，牠們吃甚麼？

鳥兒真是餓壞了，在濕地上不停地鳴叫，尤其是丹頂鶴在複堆河上飛來飛去，叫聲淒厲。娟草十分焦急，很果斷地對阿珠説：「我們必須人工餵養丹頂鶴。」

「這麼多野生丹頂鶴，我們怎麼餵養？」

「日本北海道就有一羣野生丹頂鶴，牠們不遷徙，就是在很冷的北海道過冬天，主要是靠人工餵養。」

「這能行嗎？」

「行。我們一刻不能遲疑，得儘快從漁民的手裏買來魚蝦，投放到冰封的複堆河面上。」娟草説着就火急火燎地趕往小鎮，向自然保護區的領導們説出這場暴風雪可能會給丹頂鶴帶來的滅頂之災。保護區的領導這才警覺起來，決定收購魚蝦投放到濕地上。

可小鎮的街道上蓋了厚厚的一層雪，完全失去了往日的熱鬧，冷冷清清。許叔帶着娟草從街東頭走到街西頭，沒有看到一家賣魚蝦的。

雖説灘塗東邊的大海沒有冰封，可出海口的河流都冰封了，這兒的人從未經歷過這麼寒冷的天氣，他們躲在家裏歇腳，都沒有出海打魚的打算。

許叔焦急地看着娟草。

娟草説：「我們現在必須挨家挨戶購買魚蝦，能買多少買多少，丹頂鶴沒有魚蝦吃，牠們很快就會餓死在這片濕地上。」

許叔帶着娟草走進小鎮人家，收購魚蝦。他們把買來的魚蝦投放到複堆河的河面上。可丹頂鶴太多了，眨眼間，一堆堆魚蝦就被吃完了。

娟草對許叔説：「我們必須想辦法再找。」

阿珠説：「我帶你們去找我的姑父，他是我們海邊小鎮的捕魚大戶，只有讓他帶人一起出海，捕回大量的魚蝦來餵養這羣野生丹

頂鶴和其他鳥兒。」

娟草讓阿珠即刻帶她和許叔去姑姑家。

姑姑一把將娟草和阿珠拉進屋：「這麼冷的天，快進屋暖暖身子。」

娟草對姑姑說：「我們不是來取暖的，我們是來求姑父做事的。」

許叔說：「濕地上的河水都冰封了，丹頂鶴吃不到魚蝦，很快就會餓死。我們必須出海捕魚，投放到濕地上餵養丹頂鶴。」

「這天氣滴水成冰，出海的河都結冰了，得齊心協力破冰才行啊。」阿珠的姑父說完，便帶大家挨家挨戶地走，告訴大家越冬的丹頂鶴和其他鳥兒需要大家的援救。

打魚的人一聽，沒有一個拒絕的，都立馬答應出海捕魚。漁民們把自己裹得嚴嚴實實，扛着漁具，冒着寒冷，踩着厚厚的積雪來到出海口。

出海口的漁船都埋在冰雪裏，船頂和船舷覆蓋了厚厚的一層雪，船身和水凍在了一起，大家先是忙着掃去船上的積雪，然後開始破冰。冷清了幾日的出海口又喧鬧起來，船一艘接着一艘離開了出海口，向東邊的大海慢慢行進。

出海的漁船終於打來了魚蝦，他們迅速把捕獲的魚蝦撒在冰封的複堆河面。丹頂鶴真的餓壞了，聞到魚腥味，紛紛飛到長長的複堆河上，一簇簇，一團團，聚在晶瑩剔透的河面，啄食人們投放在複堆河上的魚蝦，發出歡暢的鳴叫聲。

這幾天，不停地有人擔着魚蝦來到濕地，把辛苦捕來的魚蝦撒

在濕地上，東一堆，西一堆，飄起了一股股帶着寒氣的腥味。由於大家投放了大量的魚蝦，沒有一隻丹頂鶴餓死在雪地裏。娟草對這兒的人多了一份感激，對這片濕地多了一份依戀，她一定要留在這片濕地上，建起一個不遷徙的丹頂鶴種羣，讓這裏的人一年四季都能看到美麗的丹頂鶴。

南方畢竟是南方，突如其來的寒冷天氣沒有多久就開始轉暖，冰封的河流融化了，複堆河又在濕地上汩汩地流淌。

丹頂鶴又盤旋在複堆河的河面覓食了。

在這個寒冷的冬天，新的鶴場也初具規模。娟草的心裏別提有多高興了，她知道，最困難的時期已經過去了。

# 3

春風一吹，冬天枯敗蕭瑟的景象就在粉紅的嫩芽破土中、在翠綠的新葉綻放中消散。娟草從小到大，總是在寒冬中翹首以盼春天的來臨。

春天來了，意味着丹頂鶴又要飛回扎龍濕地。可今年，娟草在鹽城濕地，她想春天的腳步走得慢些，丹頂鶴留在這片灘塗濕地上多陪伴她一些日子。可越是這麼想，春天的腳步越快，蘆葦一個勁兒地拔節，面對荒灘，面對流水，面對候鳥，朝着天空瘋長。轉眼間，齊刷刷地躥高了。放眼看去，全是密密匝匝的蘆葦，一片綠。春風拂過，滿世界響着蘆葦葉的唰唰聲。

丹頂鶴發出「嘎哇──嘎哇──」鏗鏘有力的鳴叫聲，一聲接着一聲，這是丹頂鶴告別越冬地、結隊北遷的號聲。

娟草走出哨所，抬頭仰望，只見一羣羣飛翔的丹頂鶴，一大片一大片純潔的白色把半個天空都給遮蔽了。娟草目送着一羣又一羣丹頂鶴飛向北方。

僅僅幾天工夫，從北方來越冬的丹頂鶴結隊飛走了，牠們劃過濕地的上空，消失在天邊。

黃昏時分，忽然，耳邊傳來「嘎哇嘎哇」的鶴鳴聲。娟草看到哨所門前的淺水灘上站着鶴娃一家，娟草不敢相信自己的眼睛，牠們居然來和她告別。鶴娃和大鶴帶着牠們的兩個小鶴，站立水邊。

鶴娃「嘎哇」一聲鳴叫，四隻鶴同時飛上天空，一字排開飛過哨所，向北方飛去，這是野生丹頂鶴留在鹽城濕地上最後的聲音。

娟草目送着鶴娃一家的白色身影，直到天空了無痕跡。那一刻，娟草的心裏空落落的，好像丟失了甚麼。

娟草想家了，她真想和丹頂鶴一起飛回家鄉扎龍濕地。

為了不讓自己有空想家，娟草帶着青青、蘆蘆和葦葦走出哨所去遠行，她把自己的心思盡力留在青青、蘆蘆和葦葦身上。

日子一晃過去了，滿眼的蘆葦都齊到肩頭，萬頃荒灘，綠波蕩漾。

在這滿眼綠茫茫的夏日裏，娟草收到扎龍濕地自然保護區的來信，關於鶴類研究的國際會議即將在那裏召開，邀請娟草回去參加會議。娟草喜上眉梢，高高舉起信，揮舞着，呼喊着：「我要回家了，我要回家了！」

腳邊的青青、蘆蘆和葦葦對着娟草「嘎哇——嘎哇——」鳴叫着。

娟草恨不能插上翅膀，立馬飛到日夜思念的家，可她丟不下腳邊的青青、蘆蘆和葦葦，她猶豫了。

阿珠一眼看出娟草的心思，忙對娟草說：「我一定會照顧好牠們，你就放心回家吧。」

娟草對阿珠點點頭。

借着參加國際會議，娟草終於踏上了回家的路程。她闊別已久的家鄉，離她越來越近，可她同時又感到鹽城濕地離她越來越遠。娟草心中明白，鹽城濕地已經真正成了她的第二故鄉。

爸爸站在自家的房前，迎接歸來的女兒。娟草一頭撲進爸爸的懷裏，爸爸看到娟草又黑又瘦，十分心疼，但沒有說出口，而是很驕傲地說：「我家娟草小小年紀就能在丹頂鶴的繁殖地孵化了丹頂鶴，又在越冬地成功孵化丹頂鶴，還要參加國際會議，真不簡單啊！」經爸爸這麼一誇，娟草的臉上禁不住流露出幾許自豪的神色。

　　娟草擱下行李，就隨爸爸去鶴場看黑水晶。

　　鶴場那邊傳來「嘎哇——嘎哇——」的鳴叫聲，叫得十分歡悅。爸爸感歎着：「黑水晶就是靈，已經知道你回家了。」

　　聽到黑水晶的叫聲，娟草腳下生風，飛快地向鶴場跑去。

　　黑水晶看到娟草，張開翅膀飛快地直撲過來，靠近娟草時，牠迅疾站住腳，收攏雙翅。娟草一把抱起黑水晶，把臉貼在牠的身上，感動的淚水一滴一滴滑落，滴在黑水晶光亮的羽毛上。

　　第二天，娟草參加了國際會議，她匯報的題目是「關於北方和南方丹頂鶴孵化與半散放飼養」。她的匯報受到國內外專家們的高度肯定，她被稱為「中國第一個馴鶴女孩」。

　　會議期間，鶴村小學的孩子們走上舞台，為國內外專家表演。帶隊的老師竟然是大桐。坐在觀眾席上的娟草和站在舞台前的大桐，同時呼喚着對方的名字：「大桐！」「娟草！」

　　娟草沒想到大桐以她為原型編寫了名為「牧鶴女孩」的故事，讓一個長相酷似娟草的小女孩講述，感動了在場所有的國內外專家。大家紛紛朝娟草豎起大拇指，嘖嘖誇讚她是一個了不起的女孩。

　　美好的日子一閃而過，兩天會議眨眼間就結束了。娟草的眼前不斷浮現出青青、蘆蘆和葦葦的身影，她想回到鹽城濕地。看到爸

爸不捨的目光，娟草很愧疚地說：「爸爸，我現在不能留下，我得儘快回到鹽城濕地，那裏有青青、蘆蘆和葦葦等着我照顧，等他們長大了，我一定回來陪伴你。」

爸爸點點頭：「去吧，爸爸支持你。」

娟草在家僅僅度過三天，就急切地想見到青青、蘆蘆和葦葦。雖然離別的時間不長，但她覺得已經離開很久了。娟草告別了爸爸，告別了扎龍自然保護區，告別了黑水晶，坐上去南方的火車。

等娟草回到鹽城濕地，已是三天後的黃昏，她的心如同西邊的一抹夕陽，平和而安寧。

哨所出現在她眼前，她加快步伐。

突然「呼」的一聲，一隻丹頂鶴從她頭上呼嘯而過。接着「呼」「呼」，兩隻丹頂鶴飛了過來。牠們是娟草日夜思念的青青、蘆蘆和葦葦，牠們如同三支白色的箭，迅速地躥上天空，飛行的姿勢矯健又優美。

娟草站立在那兒，等待着牠們飛回來落在自己的身邊。

日子一天接一天往前走，蘆葦一天天往上躥，轉眼就到了夏天。

娟草帶着青青、蘆蘆和葦葦到水灘上，牠們一同站在蘆葦遮蔽的水面涼爽身子，娟草坐在水邊，把雙腳放在水裏，自己好似回到了童年，想起了童年的歌謠：

蘆葦青蘆葦長，
我在河岸編織忙。
蘆葦青蘆葦長，

小鶴獨自捉迷藏。
蘆葦青蘆葦長，
摺隻小船去遠航。
蘆葦青蘆葦長，
鶴鳴聲聲多悠揚。
……

突然，一陣狂風驟起，那是灘塗濕地上少有的旋風，風力超大，所到之處，瞬間一片狼藉。一陣旋風之後，三隻丹頂鶴不見了。時間過了很久，不見牠們飛回的身影。娟草站在原地等待，她相信牠們很快會飛回來的。可等了半天，也不見丹頂鶴的影子，娟草對着碧綠的蘆葦和湛藍的天空，大聲叫喚着：「青青──」「蘆蘆──」「葦葦──」

沒有鶴鳴聲呼應，天空乾乾淨淨。

娟草感到一陣揪心，眼前熟悉的灘塗、蘆葦、沼澤忽然間變得如此陌生，如此浩瀚，如此荒涼。

天色晚了，青青、蘆蘆和葦葦還沒有回來。娟草和阿珠在茫茫濕地裏分頭尋找。在十里外的蘆葦叢裏聽到鶴鳴聲，娟草循聲而去，找到了青青和蘆蘆，但沒有找到葦葦。

娟草對着漆黑的蘆葦叢呼喚着：「葦葦──」「葦葦──」

沒有半點回音。

娟草將青青和蘆蘆帶回鶴場。她已經累得沒有力氣脫衣服，倒頭就睡去了。

第二天一早，娟草和阿珠分頭出門去尋找葦葦。找了整整一天，還是沒有葦葦的身影。

黃昏，太陽吐盡最後的光彩，把自己燃得格外紅豔耀眼，繼而，落到蘆葦深處去了。娟草雙腿直打顫，一點力氣都沒有了，坐在路邊休息一會兒，忽然聽到複堆河的西邊傳來丹頂鶴的叫聲。她顧不上疲倦，跑到複堆河邊，匆匆脫下鞋子，下河向對岸游去。

游到一半，娟草感到四肢疲軟，人直往下沉……

此時，阿珠循着鶴鳴聲在複堆河西岸的蘆葦叢裏細細尋找，終於看到一個白色的身影，孤零零地佇立在蘆葦深處。

「葦葦——」阿珠激動不已，一把將葦葦抱起，繼而責怪道，「你太過分了，怎麼飛出去這麼長時間不回家？娟草姐急壞了。」

阿珠帶着葦葦歡天喜地地回到哨所，不見娟草的影子，斷定娟草還在濕地上找尋葦葦。阿珠把葦葦關在鶴舍裏，焦急地衝向茫茫原野。

一路上，阿珠不停地呼喊：「娟草——」「娟草——」

空寂的灘塗，沒有娟草的回應，只有蘆葦在風中的唰唰聲。

大家被驚動了，牧鶴女孩為了尋找一隻走丟的丹頂鶴，一直沒有回鶴場哨所。這消息一個傳一個，很快傳遍了整個小鎮。小鎮上的大人小孩都擁到灘塗上，到處都是呼喚聲：「娟草——」「娟草——」

到了深夜，許叔在複堆河邊看到娟草的鞋，大聲呼喚：「大家快來，我看到娟草的一雙鞋。」

大家從四面八方來到複堆河邊，所有的燈光照在複堆河上，

風吹着河面，波光粼粼。幾個身強力壯的男子不約而同地跳進河裏尋找。

一個年輕人在河底的水草叢中摸到了甚麼，他鑽出水面，大聲呼喊。幾個年輕人立刻下到河底，一同把娟草從水底托起。瞬間，所有的人都失聲了，河岸寂然無聲。

「哇」的一聲，阿珠哭了。在場的人都哭了。哭聲掠過茫茫蘆葦，掠過河流，掠過沼澤地，劃破夜空，震蕩了整個蒼穹。

娟草離世的消息，飛快地傳到了她的家鄉扎龍濕地，鶴場上下一片嗚咽聲。

大桐飛快地來到鶴場，陪同娟草爸爸一起匆匆坐上南去的火車。

三天後，爸爸和大桐到了鹽城濕地。保護區的許叔抓着他們的手淚流滿面，無比愧疚地說：「對不起，實在對不起你們，我們沒有保護好娟草。」

大桐的淚水簌簌而下，爸爸老淚縱橫，當場就昏倒了。

翌日，在小鎮的自然保護區給娟草開追悼會。鎮上的人從四面八方趕來。海邊小學的孩子們拿着朵朵白花，列隊走來，一同送別娟草，送別這個從遠方來養鶴的女孩。

天空湛藍，陽光燦爛。忽然，天色暗沉，漸漸地，太陽沒了，天空一片漆黑，出現了百年不遇的日全食。人們感歎着：「太陽都捨不得娟草走，躲到雲朵身後流淚了。」

整片濕地泣不成聲。

爸爸說娟草是在這片灘塗濕地上走的，就把她永遠地留在這裏。

娟草被葬在四周環水的湖心島上。

遠在扎龍濕地的黑水晶，整日對着南方的天空哀鳴。

當爸爸回到扎龍濕地時，黑水晶忽然一衝而上，猶如一支白色的箭，一頭扎向南方。爸爸孤單地站在鶴場，看着黑水晶的身影閃電一般消失在天空裏。

爸爸明白，黑水晶永遠離開鶴場了，不再回來了。

幾天後，鹽城濕地傳來了「嘎——哇——」的鳴叫聲，這是人們第一次在夏天聽到野生丹頂鶴的鳴叫聲。人們看到一隻潔白的丹頂鶴直接飛到湖心島的上空，久久低旋着，不停地鳴叫着。湖心島上的叢叢蘆葦，在風中搖曳，發出嗚嗚聲，好似在應和空中的鶴鳴。可娟草再也聽不到鶴鳴聲了。

秋天來了。無數的丹頂鶴飛來，在這片灘塗濕地越冬。

湖心島的上空，一羣又一羣丹頂鶴，輕輕地，輕輕地飛過……

後

記

　　我寫過家鄉的水，家鄉的田野，家鄉的村莊，但這一次寫的是家鄉的丹頂鶴和外鄉來的牧鶴女孩的故事。

　　其實，這個故事盤互在我心裏已經很多年了，但我一直沒有勇氣動筆書寫這樣的故事。除了這個題材很難駕馭之外，更多的是這個故事給我帶來的震撼與影響非同尋常，不知道如何去描述那個曾經見過的、名字叫徐秀娟的牧鶴女孩。

　　當年，我師範畢業被分配到荒涼的鹽鹼地上做了鄉村女教師，心情很不好，眼前一片茫然。

　　我所在的鄉村師範學校與徐秀娟孵化丹頂鶴所在的海邊濕地保護區同在一片鹽鹼地上。初秋的早晨，我們幾個女教師相約去海邊濕地看丹頂鶴。那海邊濕地是片蘆葦灘塗，其間只有廢棄的哨所。在這裏，我第一次見到了牧鶴女孩徐秀娟，我清楚地記得她飽經海風烈日吹曬的有些黝黑的面龐，亮着一對明亮的眼睛和一臉燦爛明朗的笑容。

　　徐秀娟從丹頂鶴的第一故鄉黑龍江扎龍濕地來到鹽城才五個多月。她從扎龍濕地帶來了三枚鶴蛋，在海邊濕地進行了人工孵化丹頂鶴的試驗。在低緯度孵化丹頂鶴，是世界性的課題，她試驗成功了。她很自豪地告訴我們這些，並把三隻孵化的丹頂鶴領到我們面前，一臉欣喜地對我們説：「鶴蛋孵化成功，説明在南方的低緯度也是可以人工孵化丹頂鶴的。丹頂鶴是瀕危物種，我不僅要在這裏大量人工孵化丹頂鶴，還要建立一個不遷徙的丹頂鶴羣，使得丹頂鶴更多地繁衍，讓這個物種走出瀕危的境地。」

　　隨後，徐秀娟帶我們走進哨所。

　　哨所上下兩層，十多平方米。原是空軍部隊的瞭望塔，因飛機改變了航線，哨所就被廢棄了。徐秀娟來濕地孵化丹頂鶴，就住在這個哨所裏。一樓擱張牀，二樓支着望遠鏡，陡峭的樓梯貼着牆壁。

　　我們透過窗口的望遠鏡看天空飛翔的鳥兒，我們透過望遠鏡看到的是無邊的荒涼。

　　那天，我們想多陪陪徐秀娟。

　　夕陽西下，我們不得不與徐秀娟告別。徐秀娟邀請我們冬天再來，那時，丹頂鶴都到這兒來越冬了，場景會比較壯觀。

　　回走的路上，我們默然無語。徐秀娟與我們是同齡人，離家那麼遙遠，獨自來到茫茫海邊濕地，心裏裝着神聖的夢想，快樂地生活着。想想自己，自從來到這片鹽鹼地，感到無邊的孤獨和寂寞，整個人被懸置着，惴惴不安，時刻想着離開。與牧鶴女孩徐秀娟相比，我有甚麼理由説孤獨和寂寞呢？

　　冬天，我如約而至。這次是隨團幹部培訓班來的，徐秀娟在浩浩蕩蕩的人羣裏一眼認出了我，與我親切交流。當看完成羣的丹頂鶴遷徙過來的場景後，徐秀娟如上次一樣在哨所前目送我們。從此，那一幕深深地鐫刻在我的心裏。

　　沒想到，翌年初秋，徐秀娟為了尋找丟失的白天鵝，被淹沒在

了複堆河裏。當這個消息傳到鄉村師範時，我潸然淚下，內心受到了很大的震撼。牧鶴女孩為了理想付出了自己的青春，付出了自己的生命。

這個淒美感人的故事很快流傳開來。

幾年後，一首歌《一個真實的故事》紅遍大江南北，讓牧鶴女孩徐秀娟家喻戶曉。

一晃許多年過去了，我成了一個給孩子們寫書的人。我一直想寫這個動人的故事，覺得它應該是一部回歸自然、充滿大美、散文詩般的作品，但總是感到有着遙不可及的高度，遲遲不敢動筆。可心中又有一種神聖的使命感，一定要讓牧鶴女孩徐秀娟的故事以文學的形式流傳下來。終於在一天晚上，我靜靜地寫下了題目：牧鶴女孩。

當我真正動筆寫作時，才知道自己對牧鶴女孩的了解少之又

少，便坐下來認真查閱資料，儘可能多地了解她，了解她的家鄉，了解濕地自然保護區，了解丹頂鶴的生活習性……

原來，在徐秀娟的家庭中，她並不是唯一一個全身心投入拯救瀕危丹頂鶴事業的人。她的父親徐鐵林是中國第一代牧鶴人，是他對丹頂鶴的熱愛影響了徐秀娟。徐秀娟在鹽城複堆河罹難後，弟弟徐建峯放棄城裏的工作，回到扎龍濕地馴養丹頂鶴。為了救護正在繁育的雛鶴，徐建峯在前往鶴巢的途中不幸遭遇交通事故身亡。而如今，徐建峯的女兒、徐秀娟的姪女徐卓大學畢業後回到扎龍濕地，繼續馴養丹頂鶴。

一家三代人對丹頂鶴的熱愛，讓我對自然、環境、動物的保護有了新的認識，也讓我一次次感受生命的厚重與博大，更加堅定了我要把這個故事寫出來的信念。

《牧鶴女孩》前後寫了整整三年。我一次次地修改，一次次地

靠近內心想要表達的感動，要讓當下的孩子、將來的孩子都知道這個淒美動人的故事，讓更多的人記住牧鶴女孩徐秀娟，從而熱愛自然，熱愛動物，共同守望大自然的綠色夢想。

　　這部作品對我來說影響重大，在某種意義上講，已不僅僅是為文學而創作。


曹文芳

◎ 責任編輯：楊紫東
◎ 裝幀設計：鄧佩儀
◎ 排版：鄧佩儀
◎ 印務：劉漢舉

# 牧鶴女孩

曹文芳　著

**出版｜中華教育**

香港北角英皇道 499 號北角工業大廈 1 樓 B 室
電話：(852) 2137 2338　傳真：(852) 2713 8202
電子郵件：info@chunghwabook.com.hk
網址：http://www.chunghwabook.com.hk

**發行｜香港聯合書刊物流有限公司**

香港新界荃灣德士古道 220-248 號荃灣工業中心 16 樓
電話：(852) 2150 2100　傳真：(852) 2407 3062
電子郵件：info@suplogistics.com.hk

**印刷｜美雅印刷製本有限公司**

香港觀塘榮業街 6 號海濱工業大廈 4 字樓 A 室

**版次｜2022 年 10 月第 1 版第 1 次印刷**

©2022 中華教育

**規格｜16 開（210mm x 146mm）**

**ISBN｜978-988-8808-45-8**

本書中文繁體字版本由江蘇鳳凰少年兒童出版社授權中華書局（香港）有限公司在中國內地以外地區獨家出版、發行。